FRITZ STEINER

WAGNIS DER WORTE

APHORISTISCHES

Umschlag
und Graphik vom
Verfasser

1. Auflage 1986

Herausgeber: Kulturbund Mostviertel,
Arbeitskreis »Anders leben« und »Heimatwerbung«.

Hersteller: Druckerei Queiser Gesellschaft m.b.H.,
3300 Amstetten, Waidhofner Straße 48.

ISBN 3-900659-00-1

Überall nahm das Gute zu, nur nicht im Lager der Guten.

Hör auf die Rose, die im Winde weint.

Die Welt zählt in Wahrheit viel mehr Tote, als uns die Statements ins Haus liefern, denn was der Rufmord für Opfer fordert, das werden wir nie erfahren. Mit Sicherheit wären wir längst ausgestorben, ließe er sich nach Opfern berechnen, nach Leichen zählen.

Weil wir nicht mehr in Gleichnissen zu denken vermögen, verlieren wir immer mehr den Faden zum Göttlichen und zu den wesentlichen Geschehnissen der Vergangenheit, aber auch zur Natur, zum Nächsten und zu uns selbst.

Ob wir glücklicher wären, wenn wir nicht wüßten, was um uns vorgeht, und wenn wir nicht das geringste durchschauten? Jedenfalls nützt es uns nichts für unsere Entwicklung zum Besseren, daß wir denken, daß wir bis zu einem gewissen Grad die Zustände und Gegebenheiten zu empfinden vermögen.

Seitdem wir sind, benehmen wir uns, als ob wir nicht imstande wären, unsere Gedanken zu ordnen, um wenigstens die eine oder andere entscheidende Frage zu stellen.

Masse bleibt unveränderlich, bleibt Masse.

Wir haben nicht den geringsten Anspruch auf irgendeinen Besitz. Niemand und nichts gehört uns, alles ist nur geliehen und kann jederzeit zurückverlangt werden. Diese Einsicht gebietet uns noch eindringlicher, jegliches Ding zu achten und schonend mit ihm umzugehen.

Immer wach sein, wach bleiben zu können, ist kein Privileg sondern eine Notwendigkeit, die uns alles abverlangt. Die Gefahr, die Bedrohung setzt zumeist ein belangloses, untadeliges Gesicht, ein Gesicht der Gleichgültigkeit, auf. Wir kommen um ein gesundes, gepflegtes Mißtrauen nicht herum.

Was stört Dich an mir?

Verlust der Mittel.

Gebrauch und Mißbrauch sind eng verschwistert und oft kaum voneinander zu unterscheiden.

Wir sind Friedensdenker und keine Friedensfühler, das macht die Sache kompliziert und bringt sie zu keinem ersprießlichen Ende.

Es gibt Menschen voller Ruhe und Gelassenheit. Sie schreiten, fast möchte ich sagen, schweben durch die Zeit, und jegliches Unheil, jegliche Bedrängnis gleitet von ihnen ab. Sie scheinen durch nichts belästigt zu werden.

Für ein Faß, das jeden Augenblick überzulaufen droht, ist oft ein einziger Tropfen zuviel.

Um das Richtige zustande zu bringen, bedarf es einer verträglichen Mischung, bestehend aus Verstand und Phantasie. Beides aber scheint uns in zunehmendem Maße abhanden zu kommen.

Die Welt wird nicht von den Vielen, die sich leidenschaftlich für sie einsetzen, gerettet werden, sondern von den Wenigen, die in ihrer unbeschreiblichen Dummheit oder in ihrem Mutwillen beziehungsweise in ausgesprochener und abgekarteter Bösartigkeit gegen ihren Weiterbestand angetreten sind, zerstört werden.

Blüht sie wieder, die Nacht, in sternigen Rosen?

Ein Phänomen — die Zeit, daß sie Gefühle, so pünktlich und unbeirrbar wie von einer Uhr gemessen, ins Unendliche zu dehnen vermag, solange man krank, arm oder unglücklich ist; daß sie sie aber auch zu raffen versteht — ebenso pünktlich und unbeirrbar — solange man gesund, reich, glücklich und zufrieden ist.
Die Zeit, für gewöhnlich fein säuberlich auf gleichgroße Muster verteilt, umschleicht Berechnung, sodaß sie sich einmal aufreizend langsam, dann wieder hastig und überstürzt fortbewegt. Sie vermag zu versinken, sodaß Stunden still stehen, oder es ist ihr erlaubt zu fliehen, Wochen in Tage, Jahre in Monate verwandelnd.
Was für ein Phänomen also — die Zeit. Sie steht außerhalb jeder Berechenbarkeit, jeder menschlichen Ordnung. Sie entwindet sich auf diese Weise unseren Sinnen, Vorstellungen und übertrifft unsere kühnsten Erwartungen.

Die Wahrheit kann, entgegen anderslautender Aussagen, keineswegs weh tun, sonst müßte ein erheblicher Teil der Menschen in ein unbeschreibliches Geschrei ausbrechen, müßte sich vor Schmerzen auf dem Boden winden oder vor Qual vergehn.

Es herrscht ein ewiger Kampf, ein Zu- und Auseinander zwischen den Geschlechtern, und immer häufiger tritt er an die Oberfläche, die durch Überreizung und Überforderung durchlässig zu werden beginnt.

Daß die Dummheit nicht sterben kann, ist fatal; doch es spricht für ihre Vitalität, wo sie doch schon unendlich lange in Agonie zu liegen scheint.

Das Denken hat man uns beinahe abgewöhnt, vor allem das Denken als Folge einer gut funktionierenden Phantasie, das kritische Denken zudem und das Denken zueinander.

Wenn du dich am Schiefen orientierst, darf es dich nicht wundern, wenn ein jedes deiner Denkgebäude schief ausfällt.

Undank, dein Name ist Kind!

Jedes Volk, jede Organisation, jedes Einzelwesen, hat irgendeinmal seine Zeit, in der Überragendes gelingt, um nach einiger Dauer in Selbstüberschätzung und damit wieder in Bedeutungslosigkeit zu versinken.

Nicht aufstehn müssen, sondern den Tag zu sich ins Bett nehmen.

Den kalten Krieg unter Null sinken lassen.

Vielen von uns würde es nichts ausmachen, eines Morgens mit dem »Linken Fuß« aufzustehen.

Im Zuge der Gleichmacherei darf es keine hervorragenden Talente mehr geben oder nur mehr solche, die sich kaufen und verkaufen lassen. Damit gelingt es spielend, Absicht zu verpacken, um fördernd, aufgeschlossen, human zu erscheinen. Der beste Trick zum Erfassen der Massen.

Ein Zugelebtes und ein Zugeliebtes.

Nur eine Silbe ist wahr.

Schön ist das Ausgewogene, doch interessanter ist das Schöne, dessen Ebenmäßigkeit durch eine nicht sogleich zu durchschauende Unstimmigkeit verändert beziehungsweise bereichert wird. Interessante Schönheit ist bemerkenswerter als glatte Schönheit. Bemerkenswerte Schönheit lebt zu einem nicht unbeträchtlichen Teil von der Freude. Glatte Schönheit bleibt häufig kalt und berührt nicht mehr, obgleich sie zu locken versteht.

Vögel fliegen im Wind, als trügen sie die Wellen eines hochgehenden Gewässers.

Seine Stimme erheben wie einen Stein, der eine Panzerscheibe zertrümmern soll.

Ist es nicht so, daß man, von Lust getrieben, den anderen zu ärgern, oft mehr zustande bringt als ohne diesen negativen Antrieb? Ein Ärgernis für mich, beinahe das Eingeständnis einer Pleite, auf keinen Fall ein erfreulicher Ausblick auf noch zu setzende Taten im allgemeinen und auf meine angeborenen Anlagen im besonderen. Die Grundregel, daß Motivationen bewegen, ist damit nicht widerlegt, sie hat sich nur zu Gunsten des Negativen verschoben.

Aus der verlogenen Geschichte von Vereinigungen: Immer und überall und in jeder Person integer.

Ich erlaube mir, meinem Vorredner anerkennend beizupflichten:
Bla-bla, bla-bla-bla? Bla! Bla — blaaaa!

Die Welt ist mit einer riesigen Arena vergleichbar, in der die Diktatoren ihre Schaukämpfe veranstalten. Die Völker schauen begeistert zu, und es kann nicht heiß und nicht blutig genug dabei hergehn, um nicht des Applauses und des Gelächters sicher zu sein.

Ich habe nichts dagegen, daß etwas schief läuft und die Betroffenen daraus lernen können, auch in lebensentscheidenden, durch Jahrtausende inkrustierten Fällen, denn noch immer ist die Erfahrung am eigenen Leibe wirksamer als alles Gerede der Welt zusammengenommen.

Ein ungeheures Verdienst, unsere Jugend entwurzelt zu haben, und immer mit der fadenscheinigen Begründung, sie — die Jugend — damit zu fördern und nur ihr Bestes zu wollen. Immer diese schamlose Lüge, diese heuchlerische Ausflucht, um sich gut mit dem Volk zu stellen. Immer diese infame Täuschung, da es im Programm, in den Herzen und in den Sinnen anders zu lesen steht, etwa so: Du mußt alles unternehmen, was der Organisation nützt. Die Organisation hat in allem recht, denn nur sie bestimmt, was recht sein darf. Oder liest es sich anders? Versteht ihr es anders? Heute Zuckerbrot und morgen Peitsche. Heute Lob, morgen Schimpf und Schande — und dabei immer einige Schritte vorwärts in Richtung eigener Zielvorstellungen. Und wir? — wir folgen wie das Vieh, das zur Schlachtbank geführt werden soll.

Einer unserer verhängnisvollsten Irrtümer: zu glauben, es sei nach wie vor fünf vor Zwölf. Tatsächlich ist es schon längst fünf danach! Ist uns noch zu helfen?

Nur mehr im Sog der Geschichte.

Wenn diese Gleichmacherei immer nur auf Geld und Besitz, Ansehen und Macht abzielt, weil die meisten Menschen nicht mitansehen können, daß andere besser leben, mehr verdienen, da sie sich ihre Leistungen besser bezahlen lassen; wenn diese Gleichmacherei also nicht das Herz und seine Einstellung betrifft, sollten wir besser davon lassen.

Die beim Grüßen die Augen im Schatten des Anderen suchen.

In seinem eigenen Schlaf ertrinken können.

Es ist nicht gut möglich, zuerst das Dach zu errichten, wenngleich es verlockend wäre. Alles muß, ob es will oder nicht, von unten nach oben wachsen — ein Gesetz, das nicht nur auf die materiellen Dinge anwendbar ist.

Alle Bereiche des Lebens wurden in den letzten Jahren verkompliziert, sodaß sie nur mehr von kompliziert denkenden Apparaten verstanden werden können. Diese Maschinenmenschen oder Menschenmaschinen sind aber nicht mehr in der Lage sich vorzustellen, daß das Leben imstande wäre, in völlig normalen, einfachen und unkomplizierten Bahnen abzulaufen.

Tage, die von Ferne träumen.

Wir haben dank unserer Einstellung alle Klarheiten gründlich beseitigt.

Das Geschichtsbild müßte sich auf Grund neuer Forschungsmöglichkeiten und neuer Erkenntnisse längst grundlegend geändert haben. Was aber hat sich in unseren Lehr- und Lernbüchern im großen und ganzen schon gewandelt? Kaum eine Spur.
Mit Bedacht werden uns immer wieder die gleichen unrichtigen Bilder serviert wie seinerzeit unseren Ahnen, die den Geschichtsschreibern — um nicht zu sagen Geschichtenschreibern — an den Lippen hingen und ihnen alles von den Augen ablasen.

Es ist nahezu unmöglich, ein Volk mit regulären Mitteln zur Vernunft, somit zur Enthaltsamkeit und Mäßigkeit zu führen, wenn man es vorher massiv und unter Vorspiegelung falscher Tatsachen zur Verschwendung angestachelt, ja verführt hat. Hier sind, so leid es mir tut, Katastrophen als Lehrmeister unerläßlich.

Es sind immer wieder Minderheiten, verschwindend kleine Gruppen, die eine Umkehr herbeiführen. Mehrheiten sind unbeweglich, sind erstarrt.
An diese Erfahrung sollten wir uns halten, wenn wir große und größere Ziele vor Augen haben.

Das darf nie aufhören, daß der Lernende nach dem Gebenden zu stehen hat. Aufhören muß freilich die Überheblichkeit des einen wie die tierische Unterwürfigkeit des anderen. Bleiben soll der Respekt, die Ehrfurcht voreinander.

Bereits als Kind das Aussehen und das Gehaben eines Arbeitslosen.

Es gibt zauberhafte Menschen, als kämen sie aus fremden Welten.

Das Herz der Stille ruht in tiefem Brunnen.

Das in unseren Augen Unbedeutende ist häufig noch immer bedeutsamer und nützlicher als das von uns Angebetete. Es drängt sich nur nicht auf, sondern gibt sich bescheiden und alltäglich. Daher schätzen wir es falsch ein, unterschätzen es vor allem, wir Toren.

Die Geschichte, wenn sie richtig dargestellt würde, sagte uns alles, was wir noch zu erwarten haben. Ihre reiche und reife Erfahrung ist durch nichts zu ersetzen.

Ein jeder von uns vermag mehr zu leisten als er gemeinhin annimmt; er müßte nur die Barriere einer durch die Umwelt errichteten Angst vor dem Versagen überwinden.

Die Stille dürfte im Leben der Menschen zu jeder Zeit eine wesentliche Rolle gespielt haben, doch niemals sind wir mit ihr und ihren Gesetzen fertig geworden oder hätten das Rätsel um ihre mystische Tiefe zu lösen gewußt. Die meisten unter uns verbinden mit ihr die Ruhe eines Grabes und schrecken erklärlicherweise davor zurück, sich näher mit ihr zu befassen.
Dabei wäre die Stille nichts anderes als ein Innewohnen, bereit zu einem Gespräch, wobei die Entfernung zwischen den Partnern bedeutungslos wäre.

Von der Fülle können nur jene Menschen besitzen, die ihr Inneres von Gerümpel freizumachen verstehen.

Alles, so auch das Nützliche, hat seine Nachteile.

Erst wenn »man« uns total erniedrigt und damit besiegt zu haben glaubt, sind wir würdig genug, wieder erhoben zu werden.
Erst wenn wir — womöglich — freudigen und bereiten Herzens ja sagen und uns zutiefst im Kote gewälzt haben, erlaubt »man« uns das Auferstehen.
Daß diese Tortur zum Unwürdigsten zählt, was ein Wesen dem anderen zuzufügen imstande ist, brauche ich nicht zu betonen. Diese Art der »Beförderung« belohnt nicht, zeichnet nicht aus, sondern bestraft und richtet zugrunde.

Beförderung
FS 86

Das Mächtigste und Bleibendste, das durch eine eher geringe Tat entsteht, ist Leben; pflanzliches, tierisches und menschliches Leben. Oft ist es gar nur die Folge eines Spiels, der Ausdruck eines Reigens, den die Erwartung tanzt und den die Beschränkung auf das Wesentliche in vollkommener Weise erfüllt.

Das Ferne und das Fernste nahebringen können, so wie es ist, das wäre noch zu erfinden; ebenso, das Nahe und das Nächste in die Ferne zu rücken. Auch das wäre eines Versuches wert.

Primitive Menschen, in Ermangelung eines gut funktionierenden Gehirns, erwarten jeden Augenblick, daß einer stolpert, sich etwas bricht, sich etwas antut, um sogleich in hinterhältiges Gelächter auszubrechen. Und mit diesem Gelächter schlagen sie auf ihr Opfer ein wie mit Stahlruten.

An allen Fronten des Lebens schicken wir unsere Jugend in den Krieg, selber drücken wir uns. Wir haben ja großartige Worte gesät und uns imponierende, ja, mitreißende Gesten geleistet.

Immer schon wollte er Soldat werden. Der andere aber, der sich mit Händen und Füßen dagegen zur Wehr setzte, wurde ein Opfer des Krieges.

Aspekte der Freiheit: Alles kann geschehen und alles kann nicht geschehen!

Wir vertragen keinen Spaß, der Spaß verträgt uns.

Bezaubernder Flirt mit dem Untergang.

Tritt einer vor seinen Henker und füttert ihn, der verhungert wäre, mit Hingabe durch die schlimmste Zeit? Hilft er ihm auf seine wackeligen Beine, öffnet ihm Tür und Tor und legt sich zuletzt — sich — den Strick um den Hals oder richtet die Waffe gegen sich? Ein Narr, ein totaler Narr, werdet ihr sagen! — Nein, keineswegs ein Narr, sondern ein ernstzunehmender Mensch, ein Zeitgenosse der westlichen Hemisphäre.

Wir reden, reden, reden und schieben die heißen Probleme vor uns her, anderen in die Schuhe oder kehren sie in die Winkel, unter den Teppich.
Hätten wir diese Winkel durchstöbert, so wüßten wir mit Bestimmtheit, daß in ihnen der Tod lauert, der Unbeirrbare.
Unser Gerede, unsere Ausflüchte beirren ihn nicht im geringsten, weil er weiß, mit welcher Zielsicherheit, mit welcher Computergenauigkeit wir auf ihn zusteuern. Wir beschreiben die Bahn eines Rades, das sich schon lange von der Achse gelöst hat.

Ist es nicht schon egal, wie viele atomkopfbestückte Raketen umherstehen? Wäre es nicht entscheidender zu wissen, wer oder was imstande wäre, nur eine einzige davon auszulösen, um vorhersehbares Unheil anzurichten?

Das Hemd ist uns meist näher, auch wenn es verschmutzt ist.

Dieser rasche Fortschritt übersteigt nicht nur unsere Vorstellungen sondern auch unsere Kräfte.

Unter allen Wipfeln wird bald Ruhe sein.

Es ist eigenartig, mit welcher Leidenschaft wir uns hauptsächlich am Schlechten, Wertlosen, am sich bitter Rächenden orientieren.

Sie verstand sich aufs Bellen wie ein Hund.

Was uns immer wieder schwer fällt: In Würde zu altern, das anzunehmen, was ohne viel Aufhebens auf uns zukommt — oder bereits in uns festgelegt worden ist, nur von einer jungen Haut verdeckt; von einer Haut, die sich über Jahrzehnte wie die Haut der Schlange abstreifen läßt, plötzlich aber diese Eigenschaft verliert und damit einen Prozeß einleitet, der nicht mehr aufzuhalten ist.
Eines Tages entdecken wir uns in unserer Geschäftigkeit behindert, da die Gelenke versagen, der Schmerz im Kreuz nistet und mit geradezu unheimlicher Genauigkeit im Körper zu kreisen beginnt. Die Landschaft unseres Gesichts verändert sich und verfällt zusehends. Die Brücke, die man von Jugend auf zu bauen glaubte, verliert an Festigkeit. Die Bohlen sind abgemorscht, die Pfeiler untergraben. Mit einmal empfindet man die Stille als etwas Bedrohliches, das Ungenügen schmerzt und verbittert.

Man muß schon die Hoffnung der Hoffnung besitzen, um an den Fortbestand des Menschengeschlechts glauben zu können.

Hoffnungslosigkeit befällt mich, wenn ich an die Teilnahmslosigkeit der Schwestern und Brüder denke.

Um uns selbst ein wenig durchschauen zu können, müßten wir in einem Du lesen. Ohne dieses Spiegelbild, das wir nur im Du entdecken, bleiben wir einander fremd, und wir gehen — uns unbekannt — über die Erde, als hätte es uns nie gegeben.

Wenn man als halbwegs begabter, aufgeschlossener und im Denken geübter Mensch zu verschiedenen Texten und Textstellen weithergeholter Erläuterungen und Erklärungen bedarf, ist nicht auszuschließen, daß man aufs gröbste und niederträchtigste belogen wird.

Die Lüge stellt sich immer offener zur Schau und scheut sich nicht davor, eine Menge auf dem Gewissen zu haben. Die Entlarvung des Lügenhaften löst heutzutage nur mehr Gelächter aus. So gesehen, empfinden wir die Verletzung der Menschenrechte nur mehr als komisches Schauspiel.

Menschen, die erst dann schön zu nennen sind, wenn sie sich zu einem Lächeln bequemen; die aber zu einer maskenhaften Häßlichkeit erstarren, sobald sie dieses Lächeln wieder ablegen.
Es gibt aber auch eine Schönheit, die des Lächelns nicht bedarf.

Die wahren Idioten sitzen im Westen.

Der kleinste, sich selbst genügende Kosmos sind wir selbst. Jedes »menschliche Gehäuse« ist universell, ist das Maximum des Existierbaren. Darauf sollten wir uns besinnen, wenn wir befürchten, von der Technik überflügelt zu werden.

Das Leben läßt sich nicht abformen für andere. Ein jeder besitzt seine ihm zugemessene Form, und wehe dem, der nicht aufhört, fortwährend nach anderen zu schielen!

Das Verderben, das über uns ausgegossen wird, entspringt nicht nur der Vereinsamung des Einzelnen; es entspringt zu einem Gutteil der Vermassung, der Verlärmung.

Liebe und Entgegenkommen auf jeden Fall, unter allen Umständen, kann mörderisch, ja, selbstmörderisch sein.

Sollten diese vielen Spiele und Spielchen wieder ernsteren Charakter annehmen, dann ist bald wieder mit einem Krieg zu rechnen. Fleißig übt man und ambitioniert das Töten und Verwüsten.

Alles, was sich dem Gefühl einprägt, nähert sich dem Instinktiven; es geht ein in Fleisch und Blut.

Wer des Glaubens ist, daß nur in der anorganischen Natur in Erdzeiten gerechnet wird, irrt gewaltig. Auch die eigene Entwicklung, insofern sie von anderen abhängt, sodaß mit Manipulationen gerechnet werden muß, darf getrost in Jahrmillionen ausgedrückt werden.

Laßt den Toten ihr Leben, damit sie uns das unsere lassen.

Wer die Macht hat, mißbraucht sie mit Sicherheit.

Langsam, angewidert durch die Unzuverlässigkeit des Entfernten, beginnen wir uns wieder auf das Zunächstliegende — dem wir geflissentlich unsere Anteilnahme aufsagten — zu besinnen. Langsam und wie aus tiefem Schlaf erwachend, wird uns Altvertrautes wieder vertraut, das Entfernte verblaßt. Möge diese Umkehr anhalten, sich festigen. Möge die Zurückbesinnung, die Rückführung des Gefühlhaften andauern und mögen wir alle erkennen, daß die bedeutendsten Geschehnisse, die einprägsamsten Ereignisse eines erfüllten Lebens in und unmittelbar um uns eintreten. Mögen wir das alles rechtzeitig und ausgiebig erkennen!

Öfters, wenn es um die Pflicht geht, muß man sein wie das Vieh: stumpf und der Zeituhr folgend. Man tappt im Joch weiter, Pflug oder Wagen nach sich ziehend, um sein Tagewerk zu vollbringen. Schon am Morgen, wenn es einen aus dem Bett treibt, wäre es abwegig, anders zu denken als: »Es muß sein! Das Leben verlangt es! Du kannst einfach nicht anders!« Das Erdhafte ist nämlich nicht abzuschütteln, sondern bestimmt unser Leben Jahr und Tag. Nur manchmal wird zum Bedürfnis, was Pflicht heißt! Manchmal erhebt man sich, des Joches nicht gewahr, und tritt hinaus in den Morgen, als wäre man nur in Freiheit geboren, nimmt »Pflug oder Wagen« und beginnt singend, was man für gewöhnlich fluchend begann. Meist sind es die sonnigen Tage, die zu solchem Tun einladen, meist ist es das Licht, das die Lasten leichter werden läßt.

Vermöchte dieser seltene Zustand öfter bei uns einzukehren. Vermöchte die Freude, die auch die widerwärtigste Pflicht zur Bedeutungslosigkeit herabsinken läßt, dauernder aus unseren Herzen zu springen, sodaß sich wandelt, was wir als Bedrückung empfinden, wandelt in das Lied des Alltags, das nicht so abscheulich klingen kann, daß wir es nicht in Ehrfurcht und mit Hingabe sängen!

Erst seine Krankheit machte ihn sichtbar!

Die Konsequenz kleiner und kleinster Schritte überflügelt in ihrer Wirksamkeit bei weitem einen noch so gelungenen Sprung.

Es gibt Stimmen für die Wahrheit und es gibt eine Unmenge solcher, die sich einbilden, der Wahrheit zu dienen. Überzeugungsmängel der einen führen zu einem deutlichen Übergewicht der anderen.

Manchmal, mit der Präzision eines Uhrwerks, wird es grau in uns und alle Fröhlichkeit weicht. Manchmal, freilich seltener, wenn unser Gemüt nicht unheilbar krank, unser Inneres nicht zutiefst verletzt ist, füllen wir uns mit Schwärze, und es dauert und bedarf einiger Anstrengung, davon wieder loszukommen.
Wenn man sich aber eines gesunden Seelenlebens, eines munteren Geistes und Leibes weiß, werden sich die Wolken beizeiten verziehn. Man muß nur stark genug sein, der Wetter- und Sturmesflut trotzen zu können.

Mit dem Schweigen vermag sich eine noch gewichtigere Lüge zu verbinden als mit dem Reden.

Selig, die nicht denken, sie sind den glücklichen Tieren näher als sie glauben.

Nach Gerechtigkeit schrie noch ein jedes Herz, doch immer wieder hält es ein wenig zurück, um auch mehr oder weniger Unrecht austeilen zu können.

Ein jeder wird als rohes Felsstück in die Welt gesetzt. Und jedem ist es aufgegeben, sich durch das Leben und seine Umstände behauen zu lassen und natürlich auch selbst Hand an sich zu legen. Unser gesamtes Leben wäre mit dieser Prozedur ausgefüllt, doch am Ende stehen wir umher, mehr oder weniger fertig, zumeist ein unansehnlicher Torso, und der meisterliche Bildhauer findet noch eine Menge zu schaffen, um uns zu vollenden, wie es in seinem Plan geschrieben steht.

Gegenwart entsteht im Zusammenfließen von Vergangenheit und Zukunft, vergleichbar dem Zusammenfließen von Farben. Gegenwart entsteht dort, wo die Farben einander für wenige Augenblicke in ihrer Reinheit berühren, ehe die eine in der anderen sich aufgibt.

Alles lebt von Gleichnissen, läßt sich in Gleichnissen ausdrücken und gewinnt damit erst an Gestalt. Sind wir selber nicht Gleichnisse, dazu da, voneinander zu lernen?
Sind wir vielleicht nur zu dem Zweck geschaffen, Gleichnis für höhere Wesen zu sein?

Freiheit muß im Innersten vorbereitet werden, daher sind freiheitsliebende Menschen zuallererst verinnerlichte Wesen.

Es steht uns in keiner Weise zu, uns Demokraten und unser System ein demokratisches zu heißen, wenn wir im selben Atemzug Menschen- und Bürgerrechte aufs gröbste verletzen.
Unsere vielgepriesene Demokratie ist nichts anderes als eine gar nicht mehr so versteckte Diktatur. Immer häufiger kommt unter der schieder gewordenen Hülle zum Vorschein, daß wir sehr wohl zu schlagen und zu unterdrücken verstehen.
Ob man streichelnd oder bestialisch erwürgt wird, bleibt für den, den es trifft, völlig belanglos.

demokratie

Wenn wir nur wieder vom Gelde kämen, zurückkehrten zu den Naturgütern, wo ein jeder sein Bestes geben mußte, um in den begehrten Besitz des Notwendigen zu gelangen; wie gerecht doch im Vergleich und im Verhältnis zu heute. Der Fortschritt — oder was wir dafür halten — gibt auch dem Unbegabtesten die Möglichkeit, sich ohne Einsatz, ohne Leistung und Beschwernis in den Besitz sämtlicher Güter zu setzen, sobald er nur zu den Besitzenden zählt und aus Zins und Zinseszins seinen Gewinn zu schlagen versteht.

Wer von uns lernt schon aus der Geschichte, um wenigstens für sich selbst die Gegenwart korrigieren zu können? Wer nimmt sich schon ein Herz und die Zeit einzugestehen, daß die Babylonier nicht dümmer handelten als wir?

Menschen, die sich vehement einer Idee verschreiben, sind zumeist auch befähigt, diese Idee ebenso abgrundtief zu hassen. Je fanatischer die Liebe, desto tiefer vermag sie, ausgelöst durch eine verletzende Enttäuschung, in blanke Abneigung umzuschlagen.

Die Erinnerung verklärt alles, ebnet alles ein, läßt sich nicht mehr auf Details ein, sondern führt uns das Gesamtbild vor Augen, dem jedoch die scharfen Konturen, die kräftigen Farben und Formen fehlen; nicht immer zum Vorteil, wie ich meine, aber auch nicht immer zum Nachteil, sobald die Trauer um Vergangenes überwiegt.

Eine Binsenwahrheit: Alles hat seine Grenzen, sein Ende. Und alles, was darüber hinausführt, ist von Verderben. Unser Schicksal ist es, daß wir nicht wissen, wo wir diese Grenzen anzusetzen und wo wir sie zu suchen haben.

Was sich auf der Bühne, vor den Augen der Zuseher, abspielt, divergiert mit dem, was hinter den Kulissen geschieht. So wird das freundliche und gewinnende Lächeln zum Pfauchen, der Händedruck zum Kinnhaken, die Schmeichelei zur gröbsten Beschimpfung.
Die aufregendsten Dramen spielen sich demnach hinter den Bühnen ab. Das wäre zu bedenken, ehe man sich für teures Geld ins Theater des Lebens begibt.

Dem Kugelhagel des Lärms erliegen.

Schach den Matten!

Schreiben: Tätowieren des Papiers.

Sich mit einem Selbst-binder abgeben zu müssen: ein Hohn!

Der dritte Türkeneinfall in Europa scheint endlich programmgemäß zu verlaufen. Kein Widerstand!

Goethe schillert noch immer.

Die Wirtschaft brannte bis auf die Schulden nieder.

Unserem Jahrhundert, dem aufgeklärtesten, blieb es vorbehalten, dem Sinnlosen einen Sinn geben zu wollen.

Worte töten hinterhältig!

Gullivers Reißen.

Raucher haben spätestens im fortgeschrittenen Alter kürzere Beine.

Mit Büchern leben viele ein Leben lang in Scheidung.

Österreich: Warmhalteland für Dauersitzer.

Es ist noch kein Meister vom Fleisch gefallen.

Wer das Kleine nicht ehrt, hat sicher nichts damit zu tun.

Gebrochen wie versprochen.

Er erhängte sich ein Leben lang.

Der Prater umfaßt bereits das gesamte Bundesgebiet.

Das Staatsoberhaupt ließ es sich nicht nehmen, grundsätzlich den eigenen Kopf zu schütteln.

Banküberfälle müssen der Ordnung halber in Zukunft angemeldet werden.

Der Tag des Heeres wurde mit einer Parodie eröffnet.

Sie steckte ihn mit einem Herzfehler an.

Man wünschte der Versammlung einen guten Verlauf, was sich die Teilnehmer nicht zweimal sagen ließen.

Wir stellen jeweils Fragen, um keine Antwort geben zu müssen.

Das moderne Bild wurde nur deshalb verkauft, weil es sich so vielseitig verwenden ließ.

Wer einen Vogel hat, muß noch lange kein Tierfreund sein.

Die Schularbeit gelang bis auf die Note, die darunter stand.

Wer eine Grube gräbt, hofft, daß auch andere hineinfallen.

Es gibt reizende und es gibt aufreizende Menschen. Alle übrigen Einstufungen bleiben reine Spekulation.

Wer will unter die Soldaten? Das klang mir immer so in den Ohren wie: Wer will unter die Räder?

Uniformen machen Leute, sehr selten Menschen.

Woher sollen wir die Rosinen nehmen, wenn es bereits am Kuchen mangelt?

Das Geld ist vertan, die Geste ist geblieben.

Das Zeitalter des Nabelfernsehens hat längst begonnen.

Kapitalproletarier vereinigt euch!

An ihren Früchtchen werdet ihr sie erkennen!

Bei Gott! uns ist fast kein Ding mehr möglich.

Die Bauern verarmen umständlicher als die Städter.

Wir lieben das frivole Spiel mit Geigen.

Liebe färbt nicht ab, sie rostet in Grautönen.

Einigermaßen kann nur der bei Verstand bleiben, der nicht zuviel davon hat.

Nichts gegen die Ärzte. Sie unternehmen alles, um sich am Leben zu erhalten.

Ein echter Wiener geht nicht unter sondern über!

Wir sind immer mehr von unseren glänzenden MISZ-Erfolgen überzeugt.

Wer zuerst kommt, prahlt zuerst.

Das Mitnehmen von Händen ist nicht gestattet!

Amerikanisch läßt sich nur mit vollem Mund erlernen.

Den Staat wegen Steuerüberziehung klagen.

Klein angefangen und nie recht groß geworden.

Die Mutter kochte und der Vater schäumte.

Ein lebloses Bündel Nichts.

In allem nachgeben, das nennen wir Taktik.

Bücher sind die einzigen Freunde, die sich auch kaufen lassen dürfen.

Der Zug entgleiste äußerst leise. Ein gutes Zeichen für den hohen Stand technischer Entwicklung.

Freiheit, Gleichheit, Liderlichkeit!

Das Schattenkabinett lechzte nach Sonne.

Aus der Erfahrung schöpfen wir bekanntlich nur den Rahm ab.

Wir haben alles getan, um nichts tun zu müssen.

Der Brief ist eingegangen, der Schreiber lebt.

Mit Europa möchte man die Zukunft nur mehr garnieren.

Der korrupte Westen grüßt den korrumpierten Osten.

Wessen uns mangelt? Einer gesunden Neugier füreinander.

Egal, in welchem Verein, in welcher Organisation man steht. Eines kritischen Menschen wird man bald überdrüssig.

Nichts, aber auch nichts scheint von selbst und ohne Kraftanwendung werden zu dürfen. Alles muß erkauft, errungen, erzwungen und erlitten werden. Ein Drama mit blutiger Geschichte, das auch die Religionen nicht ausnimmt.

Schwein oder Nichtschwein, das ist längst die Frage.

Soldaten des Friedens? — In mir erstarrt das Lachen.

Verinternationalisierung mittels Musik(-lärm!) und mit Hilfe einer Sprache, der scheußlichsten, des englisch-amerikanischen Kauderwelsches, um die Zukunft damit zu bewältigen? Es glauben bereits viele daran, in der Hoffnung, wie ein welkes Blatt über die Grenzen wirbeln zu können. Der große Bruder vermag allerdings nur mit Verwelkten, Blutleeren seine Ziele zu erreichen.

Rauchende Köpfe! Womit sie nur beheizt werden?

Die Ersten haben das Nachsehen.

Es kann alles zur Sucht werden, auch unsere Gefühle. Im Handumdrehn verlieren wir die Kontrolle über sie und das Maß, vor allem das Maß.

Man spricht von Schilda und lächelt nachsichtig. Man redet von Österreich — und müßte in Tränen ausbrechen.
Ich bin davon überzeugt, daß es kaum ein zweites Land auf dieser Erde gibt, in dem die Selbstverstümmelung, die Selbstvernichtung perfekter geübt wird als bei uns. Unsere Begeisterung zum Selbstmord hat schon seine Art. Schafsköpfig, wie wir nun einmal sind, gelingt uns so manches, wovor die wahren Schildbürger sich bis in den Tod schämten oder sogar fürchteten.

der
begeisterte
Selbstmord

Am liebsten opponiert man gegen das, was man liebt.

Zum Teufel mit den frommen Legenden. Laßt uns endlich der Wahrheit auf den Pelz rücken!

Dogmen: Das Nonplusultra der Diktatoren.

Verheizungen.

Diese Zeit mit ihrer Totalbeeinflussung im schlechtesten Sinn brauchte willensstarke, unbeeinflußbare, gesunde Menschentypen. Das Gegenteil ist der Fall. Jahrzehntelange zermürbende, zersetzende Tendenzen schufen einen abhängigen, hörigen, schwammartigen Menschentypus, der sich nichts traut, der nichts vermag, nichts mehr beginnen und nichts gewinnen kann.
Das Steuerrad bleibt der Strömung überlassen, die Fahnen drehen sich geräuschvoll nach dem Wind.

Freiheit nur in kleinen Dosen servieren.

Wir geben uns mit Milchmädchenrechnungen zufrieden, bezahlen aber freudig mit unserem Leben.

Grenzen wurden jederzeit willkürlich gezogen. Und niemand war je mächtig und Manns genug gewesen zu verhindern, daß sie nicht auch mitten durch uns hindurchführen.

Zu klein geratene Menschen sind oft versucht, ihr Zuwenig an Körpergröße mit einem Zuviel an Geltung wettzumachen. Dabei entwickeln sie eine unglaubliche Mimosität; sie geraten bei der geringsten Berührung aus allen Fugen. Das wäre an und für sich noch nichts Verwerfliches. Gefährlich wird allerdings die Sache, wenn sie zu ihrer Selbstbestätigung und Selbstrettung völlig ungeeignete und faule Mittel einsetzen, wenn sie hinterhältig vorgehen, überheblich Infragestellen; bessere Positionen dazu benützen, ihre Macht zu mißbrauchen und auch davor nicht zurückschrecken, Untergebenen zu schaden und sie bis aufs Blut zu tyrannisieren.

Arme werden wir immer haben — vorausgesetzt, daß man sie nicht vorzeitig amputiert.

Liebe Menschheit, Hand aufs Herz, wo stündest du heute ohne die vielen Menschen- und Tieropfer? Vielleicht noch immer an der Schwelle (was an und für sich nichts Negatives wäre!).
Wie viele mußten sterben, ehe man zur Genüge über die Eßbarkeit der Schwämme und Beeren Bescheid wußte, um nur eins von unzähligen Beispielen zu nennen?

Leise Winde haben es bedeutend schwerer.

Nichts ging verloren: nur die Ehre!

Heute tot, morgen rot!

Die Autofahrer allein dürften noch über das Heilszeichen verfügen. So sieht es wenigstens aus, wenn sie einander grüßen: diese unnachahmliche Gestik, diese Erhabenheit, dieses Selbstbewußtsein, ja, dieses Gottähnlichseinwollen.

Trunken nach Trunkenheit.

Dem Winde lauschen, obwohl man seine Sprache nicht versteht.

Alter wem Alter gebührt!

Man sollte nichts und niemandem so sehr verhaftet und verpflichtet sein, daß man sich nie mehr davon zu trennen vermag. Vernünftiger wäre es, in allem aus und ein zu gehen, geduldet und geachtet.

Auf dem Schlachtfeld des Schachspiels gefallen.

Die Rache der Natur ist uns gewisser als die Rache Gottes.

Der Weise ist gebildet, der Dumme eingebildet.

Von Haus aus hörig.

Sie ist ganz Mund.

Von Jahr zu Jahr wird die Welt ärmer; ärmer an Stämmen und Völkern; ärmer an Tierarten; ärmer an Pflanzengattungen; ärmer an Einfällen, Gedanken und Sprachen; ärmer an Sauberkeit und Schönheit; ärmer um das Recht, sich unbeeinflußt von menschlicher Machtentfaltung und Selbstüberschätzung entwickeln zu können; ärmer um den Glauben, der früher auf viel soliderer Basis ruhte. Inseln versinken, die Böden versumpfen und veröden; das gleiche gilt auch für die Landschaft der menschlichen Seele und des menschlichen Gemüts: kaum Treue und Verlaß, dagegen abgrundtiefe Verlogenheit; kaum Klarheit, dafür aber Betrug und Wucher.
Das ärgste jedoch: Wir werden um die Hoffnung betrogen!

Erbschuld ist Kollektivschuld. Ein skandalöses Urteil ohne Prozeß.

Das Schwärmen um eine erstrebenswerte Zukunft ist uns gründlich vergangen. Nur mehr die bezahlten Eintrommler und Einpeitscher aus den verschiedensten Lagern hoffen, uns bekehren zu können.
Ich sehe nur mehr Waffen und Sprengkörper (Atomsprengköpfe bis zur Größe von Stecknadelköpfen), man mengt sie bereits unter das Getreide; unsere Speicher sind voll davon.
Und das Drohen nimmt kein Ende. Wer die Menschenrechte verletzt, sieht keinen Anlaß, diesen Zustand zu ändern, denn schließlich ist niemand davon auszunehmen, auch nicht die Demokraten — alle leben davon!
Damit hebt sich der Stellenwert jenseitiger Hoffnungsansprüche. Eine Pauluszeit ist angebrochen, eine Zeit, die das nahende Ende wieder einschließt.
Doch nicht jene Kirchen, nicht jene Bekenntnisse gewinnen, die uns hätten Verzeihen, Wahrheit, Liebe und Brüderlichkeit bringen sollen, sondern jene, die uns noch fremd sind, die noch den Spielraum einer Tabula rasa für sich in Anspruch nehmen können.

Auch der sogenannte Ungläubige ist gläubig.

Ich steige einen Stock tiefer hinab, als meine Kirche es zu tun vorgibt.

Eine jede Religion ist gut, wenn sie die Gottheit und die Schöpfung nicht beleidigt, sondern sich blind in den Dienst des Dienens und vor allem keine überflüssigen Fragen stellt.

Mich stört es zu beten: . . . und führe uns nicht in Versuchung! Was ist das für ein beschützender, rettender und liebender Gott, der seine ohnedies schwer benachteiligten Geschöpfe versucht; vielleicht sogar noch ein Vergnügen daran findet, den Einzelnen oder ganze Völker pausenlos aufs Eis zu führen.
Ich kann nicht daran glauben, vielmehr bin ich von einem groben Übersetzungsfehler (gewollt oder ungewollt) überzeugt, und das dürfte nicht der einzige sein. Die Bibel gehörte endlich von integren Wissenschaftlern unter Einbeziehung sämtlicher Dokumente (besonders der in Geheimverliesen vergrabenen) überholt, bevor wir noch mehr von den überlegenden, denkenden Menschen an den Zweifel verlieren.

Man kann auch zur Lieblosigkeit herausgefordert werden.

Wer A sagt, muß sich auch mit Z abfinden.

Die Kirchen: Schiffe oder Eisberge der Hoffnung?

Meine Kirche mag das Spiel um die Demokratie beizeiten sein lassen: sie ist und bleibt in ihrem Gefüge eine Hierarchie, eine Staatsform, die keine Kritik duldet und keine grundlegenden Veränderungen; und hiermit hat sie Vieles und Grundsätzliches mit Diktaturen gemeinsam.

Das Bild einer Kirche füllt mit gewaltiger Brust das Fenster. Damit bleibt kein Platz mehr für den Himmel und kein Stück für die Erde.

Was uns Katholiken in besonderem Maße mangelt, ist ein gesunder Schuß Liberalität. Sie befähigt nämlich erst, den zu tierischen Ernst, der in Verbitterung aber auch in Hochmütigkeit mündet, zu mildern. Diese furchtbare, tödliche Strenge gegenüber der Welt; diese Unduldsamkeit fällt wie ein Berg auf uns nieder.

Mit Sicherheit erhört Gott jene Gebete, die letztlich vom Wunsch bestimmt sind, daß sein Wille geschehe. Dieses Zurückverweisen unserer Anliegen, diesen Spielraum scheint er zu lieben, da er auf keine unserer Fragen eingehen muß.

Wieder und wie immer werden die Reichen, die Mächtigen überleben, weil sie es sich richten konnten (vielleicht noch ein paar Arme als Krüppel).

Das Jahr fängt mit einem Ende an.

Dem Chaos der Ungerechtigkeit ist damit weiter auf die Beine geholfen. Die Besitzenden teilen sich die Trümmer einer geborstenen Welt.

Ihr tut so, als wäre das Entgegentreiben einer von Gott eingefädelten und von ihm verheißenen Katastrophe das reinste Vergnügen.

Fernöstliche Logik besteht in heftiger Auseinandersetzung mit sich selbst, bis vollkommene Ruhe einkehrt.

Erst die Feindesliebe machte es neben dem ungeheuren Vorteil des Verzeihenlernens unseren Feinden möglich, sich in aller Öffentlichkeit zu produzieren und, durch unsere tatkräftige Mithilfe ermutigt und gestärkt, unsere Positionen zu untergraben, um schließlich unser Leben vernichten zu können, denn das Unheil trifft mit Sicherheit den, der dieses Gebot nach bestem Wissen und Gewissen zu erfüllen trachtet.

Humanität: ein zweifelhafter Begriff, ein abgegriffener, ein oft mißbrauchtes Wort, ein Handlanger verlogener, hinterhältiger, rachesüchtiger Kreise, die nie vorhatten human zu sein; denen es kein Bedürfnis ist, Humanität auszuüben, sondern die sie uns nur vorgaukeln, sie uns aufzwingen, sodaß ihre Verwirklichung einzig und allein von uns, von unserer Tatkraft, unserem sisyphusähnlichen Einsatz abhängig gemacht wird.

Friedensformel garantiert wirksam: Wie Du Dir, so ich mir!

Als Luzifer sich seines freien Willens (als eines Gottesgeschenks) besann, wurde er gestürzt und mit ewiger Verdammung bestraft. Der einzigartige, gerechte und barmherzige Gott — so scheint es wenigstens — begnadete uns mit dem freien Willen, damit wir von zwei Möglichkeiten auf jeden Fall nur eine einzige, nämlich die ihm genehme, wählen. Ich kann mir nicht helfen, ich werde hierbei zu sehr an menschliches Denken und Planen erinnert.

Christentum und Kommunismus — Abel und Kain? Kain und Abel? Jedenfalls Brüder und damit aufs engste verwandt. Beide versuchen, über das Leid dieser Welt hinwegzutrösten und versprechen ein Paradies. Auf der einen Seite ein irdisches, auf der anderen ein außerirdisches. Doch fehlt mir, und damit sind wir wieder eins, hier wie dort die Bestätigung.

Sensible Menschen darf man nicht ein Leben lang mit Ausflüchten und Lügen bestrafen. Es verbleibt ihnen letztlich kein anderer Ausweg, als ihre Ansichten radikal ins Gegenteil zu verkehren, zumeist gegen ihre Natur, und das erst macht sie brisant und zu allem entschlossen.

Vorstellbar: Es gibt eine Macht, die die gesamte Welt mit allen ihren Geschöpfen und Dingen, ja das gesamte All besitzen und regieren möchte, denn was sich im kleinen abspielt, findet auch im großen seine Parallelen.

Gebt dem Himmel einen neuen Namen!

Unverständlich bleibt und zutiefst unanständig der Stil, wie man es sich mit anderen zu richten versucht; auch wenn man diplomatisch nennt, was man tut, klug und vorausschauend.
Doch diese Unverfrorenheit schockiert viele, und die Unverbindlichkeit schließlich um das »Wort«, das sich immer weiter von unseren Taten entfernt, erschüttert bis in den Grund auch schon den Arglosen.

die
Unterwürfigkeit
oder
die
Verbrüderung

Beinahe vermessen zu sagen: Gott nützt menschliches Versagen und menschliche Schwächen, um seine Macht zu beweisen — also nicht nur ein menschliches Bedürfnis!
Vielleicht aber auch ein Hinweis auf seine Existenz, wenngleich ein ziemlich grotesker.

Wenn kritisches Denken ein Frevel und als Sünde gilt, dann, Herr, hast du deiner Gesellschaft das absoluteste System aufgebürdet, das jemals die Menschheit beherrschte und quälte.

Das einzige, was wir Christen hassen dürfen: den Krieg, die Folter, das Morden und alles, was dazu führt, wie auch die Falschheit, das Schüren und Zündeln ohne Ende.

Letztlich ist es das Bemühen um Gutsein und Guttun, nicht sosehr das Gelingen selbst, was Gott lohnt. Die Hartnäckigkeit, an ihn geglaubt, ihn gesucht zu haben, die Beständigkeit des Liebenkönnens ist es, was hinüberdauert in die Ewigkeit.

Es gibt nichts Gutes, in dem sich nicht auch das Schlechte entwickeln könnte und seine Heimstatt hätte, und es gibt nichts Schlechtes, in dem sich nicht auch das Gute erhöbe — freilich in bescheidenem Ausmaß, dünner gesät. Aber das eine wie das andere ist anzutreffen und behauptet sich mit einer schier unwirklichen Rücksichtslosigkeit.

Das Kulturbanausentum eines Volkes beginnt nach wie vor bei seinen Erziehern.

Eines der schillerndsten Worte — das Wort »glauben«. Einerseits bedeutet es kraftvolles Festhalten an einmal als richtig Erkanntem, andererseits bringt es bereits der Anhauch des Zweifels zum Wanken.

Gott ist in seiner Absolutheit unfähig, auch nur die geringste Ausnahme zuzulassen, darum muß auch er, der uns freizügig die Freiheit gewährte, ohnmächtig zusehn, wie wir von einem Verderben ins andere schlittern.

Harmagedon dürfte doch unser aller Schicksal werden. Wenn wir nur ein wenig vom Glauben der Sektierer hätten, die mit der Aussage über diesen Ort und seine Bestimmung leben und schlafen.
Hätten wir mit der Ausdauer, daran zu denken, auch den Mut, darüber zu reden, immer und überall, auch wenn es anderwärts nicht als angenehm empfunden, sondern als plumpe Irreführung abgetan werden würde! — dennoch: In diesem Landstrich, in diesem Zentrum unversöhnlichen Hasses liegt und stirbt das Herz der Menschheit, denn in keinem anderen Gebiet der Erde begegnen einander die würgendsten Gegensätze, die tiefsten Verletzungen und Spaltungen, die unbeschreiblichsten Auswüchse. In dieser Schmelze einer Vielvölkersenke, in dieser Schmiede glüht das Gut der sich »göttlich Auserwählten«, ihre Erhörtheit im Beisein der befohlenen Rache; Metalle unerhörter Armut und dazu die unvorstellbarsten Temperamente, die in unaufhaltsamer Begierde und Leidenschaft zu den Waffen eines allesvernichtenden Glaubens geschmiedet worden sind, wobei das Feuer von allen Seiten, im Rausch und in der Ekstase unheilbarer Traumatas entfacht wird.

Die Hochgestellten schnellstens wieder herablassen.

Viel Helles ist deshalb nicht zu sehn, weil es noch Helleres gibt.

Wenn wir uns — die wir uns als Gläubige sehen — doch damit abfinden wollten, daß es auf dieser Welt auch Ungläubige oder besser nicht in unserem Sinn Gläubige gibt, deren Lebensberechtigung nicht angezweifelt werden dürfte, um Gottes ureigensten Schöpfungsplan, der sämtliche Möglichkeiten und Unmöglichkeiten vorsieht, in Frage zu stellen.
Das Recht liegt auf beiden Seiten, wenngleich die Überzeugung, im Recht zu sein, verschiedene Väter aufzuweisen hat.

Auch der gerechte, wenngleich auch nicht vernichtende Zorn, ist in Gottes Liebe eingeplant, und ich schwaches Wesen müßte des reinigenden Aufbrausens entbehren? Ich müßte mich pausenlos anklagen und in Reue über mein Dampfablassen in Sorge um mein Seelenheil vergehen? Ich müßte schlucken, bis ich zerplatze?

Drüben, im Unbegreiflichen, wird uns Gerechtigkeit werden? Die Jugend gibt sich damit nicht zufrieden, da sie genau abzuschätzen weiß, wo man am dringlichsten der wahren Gerechtigkeit bedarf. Der Trost mit dem Drüben lindert weder Hunger noch Durst, bekleidet und wärmt nicht, rettet weder vor Bedrohung noch vor Folter und Tod.

Nummer sicher? Mir scheint eher alles Nummer unsicher zu sein.

Menschen sind Tiere von besonderer Art.

Hingesagter Trost vermehrt nur und duldet das Elend, ja verhilft geradezu dem Haß zu seiner Überlegenheit und ermächtigt die Ungerechtigkeit, sich ungehindert austoben zu können. Es müßte sich längst und auf Grund des Wortes: »Bittet und Ihr werdet empfangen!« eine Änderung zum Besseren abgezeichnet haben. Ich vermag daher die Jugend zu begreifen, wenn sie murrt und ungeduldig zu werden beginnt, da mit Trost allein nichts zu retten sein wird.

Viele Wege führen zu Gott, doch keiner davon ist so leicht, daß man ihn mit Sonntagsschuhen bewältigen könnte.

Es ist vorstellbar, daß die Menschheit in ihrer ungestümen, kompromißlosen Jugend und deren Sauberkeits- und Gerechtigkeitsempfinden doch noch einmal von vorne beginnen darf; gibt es doch wieder mehr junge Menschen, die nicht mehr ausschließlich nach einzelnen Religionen oder nach Parteiprogrammen forschen, sondern geradewegs nach der Möglichkeit des Überlebens, nach einem gemeinsamen Vater- und Brudergott, wobei das Essentielle das Trennende unmißverständlich ausklammert.

Wie würde Christus heute enden? In einem Schauprozeß östlicher Prägung oder durch einen Meuchelmord westlicher Gepflogenheit? Wie bereiteten wir Humanisten, wir Zivilisierte ihm sein Ende?

In der Liebe zu sein, ist doch wunderbar. Warum dann diese verflixte Angst vor dem Versagen und den möglichen Folgen? Warum diese Euphorie und Bangigkeit, wenn ich für mein ehrliches Bemühen so reichlich entschädigt werde?

Der Himmel läßt sich nicht mit Worten erstürmen. Wir werden uns mit allem, was wir sind und was wir haben, mit allem, was wir vermögen um ihn bemühen müssen.

Immer Rücksicht darauf nehmen zu müssen, daß man das eine nicht darf, das andere nicht soll, macht nicht freier und beglückter, sondern verstockter.

Sie alle meinen es gut und dennoch: Wo die absolute Forderung, der kategorische Imperativ zu stark und zu aufdringlich in den Vordergrund rücken, läuft etwas daneben und entfernt sich schließlich im Quadrat zur Wahrheit.

Dieser Jesus kannte und kennt die Schwächen aller Menschen aller Zeiten wie kein Zweiter, was vermuten läßt, daß das Menschengeschlecht auch in Zukunft zu nichts anderem als zu den herkömmlichen Taten und Untaten fähig sein wird.
Die letzte Sprosse der Leiter wird somit der ersten aufs Haar gleichen.

Es gibt heutzutage nicht mehr und nicht weniger Wunder als früher, allein der Wunderglaube war um ein Vielfaches ausgeprägter als heute. Schüttelt man zum Beispiel aus den Büchern des Alten Testaments nur ein Zehntel der Wunder heraus, so vermöchte man damit, ohne sich anstrengen zu müssen, wieder ein ansehnliches Buch zu füllen.

Wenn schon, dann mit Schwedenbomben und Mozartkugeln.

Ihr könnt nicht beweisen, ob in dem einen oder anderen Fall Gott oder ihr selbst entscheidet. Zumeist sind es Eure Gedanken, die nach Eurem Willen springen müssen, und mit denen Ihr die Welt beglückt; den Mantel des Gültigen Geistes werft Ihr nur darüber.

Auch das kommt dem Sinn der Bibel gleich, wenn Menschen sich darüber Gedanken machen, darüber grübeln und schreiben, sich kritisch äußern, nicht immer im Stil der Alten, sondern um Deutlichkeit, um Verdeutlichung ringend, um den Ursinn und um das Gleichgewicht zwischen Worten und Taten zu finden.

Ich bin nicht in diese Welt entlassen worden, um ständig Halleluja zu singen, das besorgen schon die Engel. Ich bin da, um etwas festzustellen und um die Welt ein klein wenig zu ändern, natürlich zum Besseren.

Das Kreuz ist den Menschen angepaßt, nicht der Mensch dem Kreuz; das bestätigt die Priorität des Menschen vor dem Kreuz, also vor seinen Leiden.

Ein Seiltänzerakt dieses Leben. Gott ließ zu viele Fragen offen, vor allem die Grundfrage: Warum?

Immer wieder mußte auch die Kirche zum Mittel der Rehabilitation greifen, um damit einzugestehen, daß sie nur in den seltensten Fällen vom Geist geleitet war.

Nur allzuoft machen wir aus Weihnacht eine Weinnacht.

Gott zeigt seine Vorliebe für jene, die immens viel ertragen können. Er prüft sie fortwährend und schlägt sie ab, bis sie blau werden.

Alle unsere Erfindungen zielen darauf ab, letztlich im Wunder zu enden, wenn nicht ein entscheidendes Glied fehlte, wo Mystifikation beginnt: die Schwelle!

Das Zweitgrößte ist die von Gott zugesicherte Freiheit; die Freiheit der Entscheidung.
Wer sonst als die Kirche müßte sie in erster Linie respektieren, so wie sie die Liebe respektiert. Denn Freiheit und Liebe sind eines Samens. Liebe ist ausschließlich in der Freiheit, Freiheit nur in der Liebe möglich.

Die den irdischen Frieden erwarten, schauen einem längst vorbeigerasten Zug entgegen.

Wir haben nur einen Grillparzer, darum ist er nie so richtig bekannt geworden.

Wir sollten uns die Geduld österreichischen Papiers aneignen.

Es ist blanker Unsinn zu behaupten, daß nur jene Menschen, die sichtbar in einer Religion verwurzelt sind, gut seien und Gutes tun können, also Liebesfähigkeit besitzen; denn unsichtbar ist ein jeder von uns in irgend einer Weise religiös, von Gott berührt, wenngleich er sich oft als Zweifler, Sucher, ja als Hasser und Spötter zu erkennen geben mag.
Gott glaubt einem jeden bis zur letzten Sekunde, auch wenn der, der seinen Namen nicht im Munde führt, ihn auch nicht zu beweisen, zu bebeten und zu beräuchern trachtet. In der Tiefe einer jeden Seele liegt Gott, der Schöpfer, auf der Lauer, jederzeit bereit, an die Oberfläche gerufen zu werden.
Somit geschieht auch viel Gutes außerhalb des Christentums, außerhalb des Katholizismus; oft für sich allein, denn die Liebe ist wie Sand, der durch die feinsten Fugen rieselt und sich überall hin verstreuen läßt.

Daß wir Katholiken uns würdig in die Gruppe der Engstirnigen und Verzopften einreihen, ist mehr als nur bedauernswert.

Die Toleranz ist das erste und höchste Gebot, das Gebot der Anerkennung des anderen, durchpulst von der Liebe, die von Toleranz glüht und vor Eifer, sie auch anzuwenden.

Wenn wir doch wenigstens Brötchengeber der Hungernden wären, von Brotgebern gar nicht zu reden.

Es wäre ein gravierender Irrtum, die falschen Propheten nur außerhalb unseres Gesinnungsgebäudes zu suchen. Falsche Propheten wissen es sich einzurichten, wann immer und wo immer sie es wünschen aufzutreten — also auch bei uns, in unseren Nahbereichen, wo dazu noch eine geradezu herausfordernde Überheblichkeit, die sich Priorität anmaßt, dies in gesteigertem Maße zuläßt.

Hütet Euch vor
den falschen
Propheten!

Hört mir endlich auf mit diesen Kinderbuchillustrationen für Ewiges. Es ist zu albern, alles nach alten, verbrauchten Maßstäben abstecken und verdeutlichen zu wollen. Schade, daß ich mich immer wieder Bildern der Hilflosigkeit verfallen weiß und mein Vorstellungsvermögen — wie auch das Eure — zumeist auf ein unscheinbares Häuflein zusammensinkt. Daß uns Gottes Geist nicht tiefer erreicht, mag an dem Schaden liegen, der uns aus all den läppischen Geschichtlein erwuchs.
Wo ist der Geist, der das Komplizierte vereinfacht und uns damit Mut macht, sich des Eindrucks eines beseligenden Auferstehens nicht durch täglich genährte Zweifel entziehen zu müssen.

Die wahren Christen zeichnet wie die wahren Künstler Ausdauer aus, ein einmal begonnenes Werk über sämtliche Höhen und Tiefen zu führen. Was sie einmal als richtig erkannt haben, das läßt sie nicht mehr los, es wird zu ihrem Selbst, bestimmt und begleitet ihr Handeln und wäre es vor den Augen der Welt tausendmal Narrheit und Selbstbetrug.

Unsere Zeit, wie man es an Hand vieler Beispiele erleben kann, reagierte auf einen Franz von Assisi, der zum Aussteiger geworden ist, nicht anders als damals. Sie antwortete mit Zweifel und Spott, denn Aussteiger, Andersdenkende und Andershandelnde kennen nur eine Biographie, die Biographie des Unverstandenseins. Wir normal Sterblichen antworten auf alles, was unseren geistigen Horizont übersteigt, heftig und unkontrolliert, gehässig und unbarmherzig.

Ich nenne das Licht Lehre des Lebens und die Sonne Weckerin des Geistes.

Gott ist der Mittelpunkt der Stille.

Mit einem Schlag ist alles aus; das Repertoire des Wünschens und Wollens zerfällt, Gedankenberge stürzen, Serien von Bildern zerstieben in alle Winde; was zum Greifen nah schien, rückt in eine unerreichbare Ferne.
Ein ganz gelinder Schlag beendet das Geheimnis eines nie auszulotenden Lebens.

Entsetzlich für Außenstehende: Ein puritanischer Glaube, der keine neuen Erkenntnisse zuläßt, sondern sich wie ein Ertrinkender an fremde Seelen hängt, um sie in die Tiefe hinabzuziehen, in der er lebt und in die er immer wieder, mit Seelen beladen, zurückkehren muß.

Fluch aus dem Paradies.

Alle, die meinen, daß Glauben nur sinnentleertes Gehorchen ist, unterliegen einer argen Täuschung.
Kadavergehorsam ist eines glaubenden Menschen unwürdig. Gott gab uns die Freiheit, und diese Freiheit kann nur dann zur Liebe führen, wenn sie nicht unter Zwang steht, sich nicht ergibt um eines höheren Lohnes Willen. Der wahre Gehorsam entspringt den Wurzeln der Liebe und ruht in der Wiege der Freiheit.

Alle unsere Probleme und Zwischenprobleme sind Entscheidungen für oder wider das Licht. Während die Tiere und Pflanzen sich von Anfang an für das Licht entschieden haben, sind wir uns immer noch im unklaren darüber.

Ein jedes Menschenwort ist Bibel, wenn es aus kindlichem Herzen drängt und sich nicht fürchtet und auch nicht zu feilschen versucht.

Für alle Reaktionen gibt es wenigstens *eine* ungefährliche Alternative.

Eine Kirche, die es sich richtet, ist eine gerichtete Kirche.

Abneigung gegen etwas kann sich nur dann entwickeln, wenn diese lauthals und unentwegt auf sich aufmerksam macht.

Gleiches Unrecht für alle!

Leben entsteht dort, wo Einfachstes und Kompliziertestes zusammentreffen und zusammenklingen. Nichts als ein Plus-Minus-Effekt.

Wie kann ein Volk, das sich als das einzige von Gott erwählte Volk betrachtet, besten Gewissens aus der Rache leben?
Wie können von Gott Erwählte euphorisch und unter Aufbietung aller Möglichkeiten auf eigene Leiden verweisen, anderen aber voll Stolz und Genugtuung Leiden zufügen?
Wie kann Gottes auserwähltes Volk im selben Atemzug Gott preisen, doch sein Geschöpf abgrundtief hassen? Es gibt, und das lehrt die Geschichte, kein Auserwähltsein vor dem Angesicht eines allwissenden und gerechten Gottes, es sei denn, er setzte in totaler Abwesenheit auf Pharisäer und Heuchler.

In Österreich muß man vieles von hinten sehen.

Wir schauen tatenlos zu, wie uns immer mehr das Mysterium der Dinge abhanden kommt, und wir ergehen uns statt dessen im Materiellen, im rasch Vergänglichen, in dem also, was sich nur mit Händen be-greifen läßt. Wir lieben und verehren das Totgeweihte, das zu Entseelende und glauben leibhaftig, reicher geworden zu sein.

Die Lüge, den Streit, die Rache, den Haß töten lernen.

Die Frage »warum?« müßte Gott hart treffen, wenn er so fühlte wie wir. Ein Vater, eine Mutter, die ihren Kindern auf lebensentscheidende Fragen keine Antwort zu geben wissen oder keine Antwort geben wollen, werden über kurz oder lang unglaubwürdig und verlieren an Ansehen. Desgleichen widerfährt Gott, da er uns wesentliche Antworten verschweigt; und damit der Spaltung seiner Lehre, der Überworfenheit seiner Kinder Tür und Tor öffnet. Und daran, so fürchte ich, wird sich auch in Zukunft nichts ändern. Schuld der Menschen?

Was wärst Du, Gott, ohne Dein Geschöpf?

Kirchen von innen nach außen bauen.

Möglich ist alles, darüber besteht kein Zweifel. Es fragt sich nur, ob es auch sinnvoll ist.

Liebe: Gott bittet die Verkrüppelten, Debilen, Blinden und Lahmen, die Vertriebenen und Gefolterten, vor allem aber die leidenden Mütter um Vergebung.

Überzeugend und auf Dauer läßt sich das Glück, das wahre Glück nicht erheucheln.

Das Leben braucht, um überleben zu können, Leben: Leben, das sich opfert oder das, ohne gefragt zu werden, geopfert wird.

Wozu Geheimarchive, kilometerlange unterirdische Gänge, vollgestopft mit Regalen und Büchern, Schriften und Dokumenten?
Ich dränge auf Offenlegung aller Fakten sämtlicher Jahrhunderte, mögen sie noch so Schreckliches ans Licht fördern, noch so Bedenkliches zuoberst kehren.
Anders läßt sich unser Geschick nicht zum Besseren wenden, läßt sich nichts überzeugend im Licht und im geheiligten Atem des Geistes darstellen.
Solange man sich nicht dazu entschließt, nehme ich mir das Recht zu mißtrauen, nehme mir das Recht zur Abneigung und zur Ablehnung.

Ein Schuft, der seine Abstammung, sein Volk verleugnet und nicht sein will, der er ist. Ein Gauner obendrein, der dies noch hinausposaunt, publiziert und mit Stolz betrachtet.
Ich weiß nicht, welche Gattung Mensch dahintersteckt. Es muß schon eine verflucht abscheuliche Art sein, die das zusammenbringt.

Die Völker sind nicht geschaffen worden, um in anderen Rassen aufzugehen, sich in anderen, wesensfremden Arten wie Seife aufzulösen, sondern sie sind geschaffen worden, um ihre Eigenheiten, die sie auszeichnen und unterscheiden, zur Vollendung zu bringen, ohne damit anderen zu schaden, ohne andere zu unterjochen, zu beherrschen.

Tödlich ist, wenn man nicht mehr gebraucht wird.

Ich glaube an das Ewige im Leben. Amen!

Liebe, die etwas erzwingen will, ist des Teufels. Nur Liebe, die liebt, ist von Gott!

Wollte man von seinen Kindern eines herausnehmen, um ihm mitzuteilen, daß es vor allen anderen erwählt, zu Höherem, vielleicht sogar zum Beherrschen seiner Geschwister berufen sei, dürften diese mit Recht murren und sagen: »Warum er und nicht auch wir? Sind wir überhaupt dieses Vaters Kinder, wo noch dazu unser Bruder, der erwählt worden ist, uns haßt und kein Verzeihen kennt?«

Jeder Obrigkeit, weil sie von Gott eingesetzt und daher auch geduldet wird, untertan sein zu müssen, verführt unweigerlich zur Perfidie.

»Bedaure!« sagte der Fachmann, »fragen Sie einen Experten!«

Eine Institution fortdauernden Bettelns und Aussaugens, wobei das schlechte Gewissen beruhigt, geheiligt und künstlich am Leben erhalten wird.

Gott handelte menschlich, als er göttlich zu handeln gehabt hätte und er handelte göttlich, als Menschliches von ihm verlangt wurde.

Und der blinde Gott sah, daß es gut war.

Man stelle sich vor, in jedem unserer Körperteile Spuren eines Giftes zu finden, eines Giftes mit Langzeitwirkung, das immer tiefer einfließt und sich unaufhörlich ausbreitet. Obgleich sich dieses Gift ohne Schwierigkeiten nachweisen läßt, ist es nicht möglich, es wirksam zu bekämpfen, weil es die Eigenschaft und Macht besitzt, unser Denken zu umnebeln, sodaß schließlich keiner mehr imstande ist, ihm entgegenzuwirken. Der Name dieses Giftes wäre nicht unaussprechbar.

Daß erst die Not beten lehrt, spricht nicht unbedingt für die Kirchen, wie sie es gerne haben möchten. Es spricht auch nicht für den Menschen, der zu Kreuze kriechen muß, um seinen Gott an ihn zu erinnern.
Es spricht aber auch nicht für Gott, der nur mit Hilfe des Elends sein Geschöpf zu motivieren vermag.

Arbeiter mit Argusaugen im Weinberg des Herrn.

Lumpensammler des Glücks.

Es fiele mir nicht schwer, jemanden, den ich nicht mag, solange gegen mich aufzuhetzen, bis er schließlich völlig außer sich gerät, alle Hemmungen außer acht läßt und auf mich losginge, mich beschimpfte und auf mich einschlüge. Damit aber hätte ich ihn in der Hand und lockte ihn gänzlich aus der Reserve, vermöchte ihn in seiner Unbeherrschtheit bloßzustellen, dürfte ihn ungestraft Aggressor und Mörder heißen, und die Welt gäbe mir einen Zeugen ab, wie sehr ich seinen Brutalitäten ausgeliefert bin. Meine kreischenden Hilfeschreie nähmen sie — die Zeugen — spontan für meine krumme Sache ein. So geschah es früher und so geschieht es heute, eine neue Katastrophe zeichnet sich bereits ab.
Auf diese hinterhältige Weise soll erreicht werden, daß alle, im guten Glauben, einen Unterlegenen zu schützen, über den bis aufs Blut Gereizten herfallen, mich aber, das vermeintliche Opfer mit allen Mitteln verteidigen. Ich stiege gestärkt wie Phönix aus der Asche, und alle Schmach, alle Verluste würden mir vergolten, alle Leiden tausendfach bezahlt werden; Demütigungen wären des andern bitterer Lohn.
Ein Schulbeispiel, eines von vielen, eines, das aussagt, wie man es sich am besten richtet, um schließlich allein übrig zu bleiben, da die andern — auch die Helfer — reizbar sind, sodaß sie sich, wann immer ich es für richtig halte, meinetwillen bedenkenlos die Köpfe einschlügen.

Sprachverwirrung muß nicht unbedingt bedeuten, daß alles in verschiedenste Sprachen und Dialekte zerfällt, sondern sie lehrt uns, daß ursprünglich eindeutige Begriffe zur Mehrdeutigkeit verzerrt werden können, sodaß Wahrheit nicht mehr Wahrheit, Freiheit nicht mehr Freiheit, Friede nicht mehr Friede und Hoffnung nicht mehr Hoffnung ist. Lassen wir uns nichts aufbabeln, die Urmächtigkeit des Worts gründet nur in einer einzigen verläßlichen Aussage.

Das wohl abstoßendste, abscheulichste, beispielloseste Schauspiel, das wir täglich der Welt bieten, ist der Mord am Bruder, an dem, der unserer Gesinnung, unserer Vorstellung am nächsten kommt.
Ich glaube, daß der Schmerz, den der Bruder dem Bruder zufügt, noch um vieles größer, um vieles leidvoller ist.

DER BRUDERMORD I

Ob nicht alle unsere Träume Gleichnisse sind, die sich auf göttliches Urerleben zurückführen lassen oder doch wenigstens kausale Verbindungen zu ihnen herstellen.
In dieser Gleichniswelt ist auch die hebräische Sprache angesiedelt, eine Zeichen-Zahlsprache, wie entdeckt wurde, somit die Bilderwelt der beiden Testamente, in denen Begriffliches durch reale Vorgänge ausgedrückt wird, was in den meisten Fällen Paradoxes zur Folge haben muß. Hierher gehören aber sämtliche kultische Überlieferungen und die Welt der Märchen und Sagen.

Wenn man immer wieder über etwas spricht, was einen beschäftigt, so sind es meist Schuldgefühle, die man damit zu verdünnen sucht, indem man sie oft genug austeilt, der Anlaß.

»Wenn ihr nicht werdet wie die Kinder!«
Diese Aussage erfüllt sich in erschreckendem Ausmaß eben wieder in unserer Zeit.
Immer mehr Erwachsene bleiben auf der geistigen Stufe von Kindern stecken, ihre Mißbildung besteht in einer auffallenden Unreife.
Niemand und nichts ist in der Lage, diesen Zustand des Zurückgebliebenseins zum Besseren zu verändern; die Weichen sind gestellt. Trotzallem hebt man sie in höchste Ämter empor, bürdet ihnen größte Verantwortung auf, läßt sie nach Belieben schalten und walten und läßt sich — das ist das Schlimme — von ihnen dirigieren, infamieren, bloßstellen und erledigen.

Wenn du etwas Schönes erwartest, erhoffst, gelingt dir auf Anhieb das Lächeln der Schönheit.

Besitz? — Mir genügt eine stille Ecke samt Bleistift und Papier, mir reichen Pinsel und Farben, Wind und Tag, Sonne und Wald, und mir reicht das Lied, das mich heimsucht, das Wort, das mich verfolgt. Alles mein Reichtum, dazu noch die Freiheit, die Freiheit schlechthin.

Ich stehe jederzeit auf der Seite derer, die endlich genug haben von gespielter Galanterie, vorgetäuschter Brüderlichkeit, abstoßender Selbstbeweihräucherung. Ich stehe auf der Seite des Protests, der Kritik, wo sie nottut, der Auflehnung gegen das Unrecht, der ungerecht Beurteilten und Behandelten; auf der Seite der in jeder Hinsicht Armen, der Be- und Verhinderten, der Frustrierten und Entwaffneten; der Kleinen und Kleingebliebenen, der gern Kleingebliebenen, der Bescheidenen, der zeitlebens Vertrösteten, der Ungestillten, der Andersdenkenden, der Denkenden überhaupt.
Auf ihrer Seite stehe ich wie ein Pfahl, den man erst beseitigen muß, will man ihn für immer loswerden.

Gelebt zu haben, eingepflanzt auf einem Fleck, mag einer Pflanze begehrenswert erscheinen, nicht aber mir, der ich die Farbigkeit dieser Welt zu beschreiben und aufzuzeichnen wachgerufen bin, der ich aus dem Detail zu leben vermag, dem aber die Farben vergilben, die Details immer mehr versiegen.

Wie nichts sonst liebe ich das Lied, das Lied der Seele, seine mädchenhafte Schönheit, seinen Zauber, sein Temperament, seine Melodie, den Reichtum seiner Faszination, ein jedes seiner Worte und jeden seiner Töne, wiewohl auch seine Anhänglichkeit und sein ehrenhaftes Bekenntnis zu unserer Erbauung.

Der Gerechte erbarmt sich nicht einmal mehr seines Viehs.

Empor die Schmerzen!

Oho, da rät mir einer, klug wie eine Schlange zu sein. War also doch nicht ganz von Übel, was der Engel Luzifer sich damals einfallen ließ, als er das Weib überlistete.

Seelische Messer wirken nachhaltiger als solche aus Stahl, weil erst tausende Stiche zum Tod führen.

Einen Spaßvogel einfangen und sich mit seinen Federn schmücken.

Was nützt es schon, wenn der Einzelne für sich eine Kurskorrektur vornehmen will oder gar herbeiführen kann, der trägen Masse es aber versagt bleibt, weil es nicht gelingen darf. Dazu müßten die »Lenker der Welt« zu einer einmütigen Zusammenstimmung finden und weitestgehend auf eigene Interessen, die hauptsächlich von Geld und Machtgelüsten bestimmt sind, verzichten.

Eine Schwalbe macht noch keinen Mist.

Österreicher: bald die größte Minderheit im eigenen Land.

Naturschutz, der den Menschen ausklammert, ist sinnlos.

Mag sein, daß ich mein Leben einer Laune der Natur verdanke oder fortgesetztem Bemühn, es ihr zu beweisen.

Spät erst kommen wir dahinter, daß man uns ein Leben lang um der Geschäfte willen betrogen und vergiftet hat.

Meine Seele lebt außer mir. Ich bin im Begriff sie heimzuholen.

Welch wunderbares Leben, das Leben eines ganzen oder halben Narren, will mir scheinen.

Es muß dir etwas in Fleisch und Blut eingegangen sein, damit du es überzeugend und immer wieder versuchst. Es muß einfach ein Teil von dir geworden sein, deinen zeitbedingten Lebensabläufen angepaßt: Wasser und Öl, vermengt zur Emulsion deiner Wesenheit. Und so passiert es mit allem. Wenn du diese Vorgänge durchschautest und bereit wärst, dich danach zu richten, dementsprechend zu handeln, dann entsprächest du dieser gesuchten Norm, die nirgendwo aneckt, keine Spuren hinterläßt und zu allen Institutionen wie die Nabe eines Rades den gleichen Abstand zu halten vermag. Deine Krisen wären um einiges leichter zu bewältigen, dein Weg wäre begehbarer.
Aber was soll's: man hat sich auch schon auf ebenen Pfaden das Genick gebrochen, und zu leichte Kreuze, die nicht belasten, ergeben — so meint es der Glaube — keine sinnvolle Existenz in dieser abgekarteten Welt.

Ich hasse nichts mehr als den Zwang, auch jenen, der vorgibt, aus reiner Liebe und Zuneigung zu geschehen; auch jenen, der nichts mit brachialer Gewalt sondern mit Streicheln zu tun hat; auch jenen und besonders ihn, der auf jede Kleinigkeit acht gibt, einen wachend umsteht, alles vermerkt und erfährt, um danach raunend, flüsternd, zwinkernd und deutend seinen Einfluß, der keine Widerrede duldet, auszuüben.

Alles muß erst reifen, darum glaube ich, daß unsere jungen Begabungen viel zu früh in das blendende, verwirrende, viel zu grelle Licht scheinbaren Erfolges gezerrt werden.
Ihre Meinung, daß sie bereits Großartiges geleistet hätten und daran für alle Zeiten zu messen seien, ist zumeist eine grobe Fehleinschätzung. Es geht schließlich den meisten wie den Motten: sie taumeln mit verbrannten Flügeln zu Boden, unfähig, sich jemals wieder zum Licht zu erheben.

Es ist nicht das schlechteste, sitzen zu können!

Man muß unbedingt einen Hund haben, auf den man kommen kann.

Chöre, die erst nach der Aufführung gehörig den Mund auftun.

Vermittels der Sprache, veredelt durch die Phantasie, vermag ich mir viele meiner Wünsche zu erfüllen. Unabhängig von der Zeit und von ihrer Begrenztheit bereise ich, wann ich will, Erdteile und Länder, versetze mich auf einsamste Inseln und fremde Gestade; ich wandle auf allen Gestirnen und verlasse im Gedankenflug unser Sonnensystem; ich genieße und lerne, und alles auf meine mir liebgewordene Weise. Es liegt etwas Erhabenes in der Sprache, die mich von der Stummheit erlöst, sodaß ein jeder, der sie versteht, am Reichtum meiner Welt teilzuhaben vermag. Erst die Sprache macht dies möglich, und teuer ist mir der Schlüssel zum Wort, seitdem ich ihn unter den vielen absonderlichen Dingen meines Erbes entdeckte.

Ich muß meine Sprache nicht verstümmeln, wenn ich vorhabe Neues zu schaffen. Ich muß sie nur in neue Gewänder kleiden, die Worte in neue Zusammenhänge bringen, um neue Bilder einfangen und festhalten zu können.
Alle Verstümmelungen sind ein Abtrennen lebenswichtiger Glieder und Bestandteile, die zum Körperganzen dazugehören.
Häufig, und für mich unerklärlich, bemächtigt man sich gerade jener Teile, die die Schönheit und Klarheit betreffen. Damit raubt man der Sprache das Antlitz, das Herz und die Seele, ohne deren Dabeisein sie beim besten Willen lebensunfähig wird.

Nun gilt es zu sieben und zu sichten, um den Gesang zu reinigen, die Zeilen zu raffen, die Gedanken auszulesen, denn die Zeit des Drischelns, die Stunde des Kelterns ist gekommen.
Vieles von dem, was gesagt werden sollte, ist gesagt.

Wir sind kein Volk der Seher sondern der Steher.

Ihr wollt keinen braven, sittsamen oder gar duckmäuserischen, sondern einen ehrlichen, offenen, geradlinigen Mitbürger — oder?

Meine Abrechnung mit der Partei müßte einen Minusposten an nichteingehaltenen Versprechungen plus sonstiger Enttäuschungen, die sie mir im Lauf der Jahre bereitete, ergeben. Wenn ich das erschütternde Ergebnis aber mit einer Handvoll Leuten, die von bestem Willen erfüllt waren, aufrunde, so gelange ich gerade noch über Null. Und das entspricht aufs Haar meinen jahrzehntelangen Erfahrungen.

Letztlich bleibst du allein und auch dir selbst ein unlösbares Geheimnis.

Bereits in jungen Jahren ließ ich mich von der Krankheit der Stille anstecken, und ich habe seither niemandem erlaubt, mich davon auch wieder zu heilen.

Es ist jammerschade, daß die im Verhältnis zum Universum so winzige und überschaubare Welt im Vergleich zu meinen Möglichkeiten so ungeheuerlich groß und undurchmeßbar ist.

Nicht der einzige Beweis, daß wir seltene Vögel sind, oder haben wir keine Federn vor der Zukunft?

Es geht nichts ohne Narrheit ab im Leben eines Menschen, der auf Originalität und auf Individualität hin angelegt worden ist. Es zwingt ihn geradezu, anders zu sein, dem »Normalen« entgegengesetzt.
Aus welchen Gründen, so frage ich mich, muß ich mich daher in dieser oder jener Situation zurückhalten, sogenannten Anstand bewahren, aufrecht sitzen oder gehen, meine aufrichtige und daher einzige Meinung verbergen oder abwürgen?
Warum und aus welchen Gründen muß ich kontaktlos zuhören, wenn mich anderes beschäftigt, da wieder in ein unpassendes Gewand schlüpfen, dort verschämt lächeln oder gespielt bedauern?
Auf meiner Linie liegt, daß ich meinen geraden Weg gehen kann, der nicht irgendein Weg — keinesfalls der Weg der Masse — ist. Die einzige Einschränkung, die ich mir auferlege, ist, daß niemand dadurch zu Schaden komme, keiner daran zerbreche.

Zu selten erhebt sich meine Stimme gegen den Tod, den wir in kleinen oder größeren Portionen über die Welt verteilen. Zu selten raffe ich mich auf, mich für das wunderbare Leben einzusetzen.

Ich muß euch recht geben: ich bin ein Pessimist, was diese Welt und ihre Entwicklung, den Frieden und den Fortschritt betrifft.
Ich bin aber kein Zweckpessimist, sondern einer von der Sorte, die Jahrtausende lang den gepflegten, den abgeklärten Pessimismus vertraten, jene klassische Art, die nie spekuliert, sondern sich rein prophetischer Aussagen bedient, um nichts anderes als Realitäten zu beweisen.

Ich könnte mir gut vorstellen, und es überzeugte mich am ehesten, wenn man vorgäbe, die Bäume dessentwegen massenweise fällen zu müssen, weil sich Spione und Agenten übelster Sorte in ihnen verbergen.
Ich kann mir aber beim besten Willen nicht vorstellen, daß man heutzutage, in dieser zur Katastrophe fortschreitenden Stunde, nur noch einen der Bäume des Holzes, also des Gewinnes wegen beseitigt.

Der Spion

Wenn es Augen zu kaufen gäbe oder zu tauschen, um sie zu sammeln, ich befände mich im Besitz der reichsten und kostbarsten Sammlung, denn Augen bedeuten mir sehr viel, begeistern mich ungemein. Bereits als Kind habe ich immer wieder Augen gezeichnet, Augen von Menschen, Tieren und Pflanzen, Augen von Stimmungen und Augen von Erwartungen.
Alle Wesen und Dinge und Zustände sind mit Augen ausgestattet, mit denen sich ihre persönlichen Merkmale decken und ausdrücken lassen.

Seid ihm nicht allzu böse, wenn er sich manchmal zu erkennen gibt und seine leere Hülse vor euch hinstellt, damit ihr mit eurem Schwall an Worten nicht allein bleibt: er aber, irgendwo unterwegs, ganz Ohr dem Anruf einer Birke oder einer flüchtigen Wolke.

Heimgehn, langsam oder schnell, den Weg zurück, den ich tausendemale ging.

Weshalb soviele Lorbeerkränze für den Tod? Ich möchte, ehrlich gestanden, einmal am Leben, nicht schon wieder an meine Abreise denken müssen.

Ich kann einen Menschen dann in größte Abhängigkeit bringen, wenn ich ihn mit Schuldgefühlen zu beladen verstehe. Er wird immer wieder auf den Knien, ja auf dem Bauch zu Kreuze kriechen, denn Schuldgefühle sind nahezu unzerreißbare Ketten und Fesseln.

Zusammen oder getrennt? Parteien hadern oder Parteienhadern.

Wer weiß, ob ich damals nicht ebenso wie Cortez oder Pizzarro gehandelt hätte. Wer kann von sich behaupten, er hätte sich zu allen Zeiten und in allen Situationen christlich und korrekt verhalten?

Ich habe nur einen Namen, verderbt ihn mir nicht ganz!

Immer wenn ich meine Blicke in die Sonne tauche, erwartet mich nach Augenblicken der Blendung Beatrice, lichtdurchflutet ihr Haar, lichtummantelt ihre Gestalt.

Mit dieser Einstellung wirst du immer wie hinter beschlagenen Fenstern lümmeln und glauben, die Welt wäre in Grauzonen eingeteilt.

Seine Nacktheit nicht mehr bekleiden wollen!

Nichts macht einen unwilliger, als wenn einem einer mit einem Lächeln, bewußt oder aus Verlegenheit, Überlegenheit und Selbstgefälligkeit vorspiegelt. Vermöchte man ihm ebenso zu begegnen, ich glaube, er zerbräche und zerbröckelte innerlich.

Ich möchte niemanden angreifen, um mich nicht schmutzig zu machen.

Wenn wir es schon im Hochspringen zu nichts bringen, im Hochstapeln sind wir wahre Meister.

Ich stelle jedem meinen Kopf zur Verfügung, damit er in diesem verdammten Plastikzeitalter auf Holz klopfen kann.

Nichts war ihm schrecklicher, als wenn tagtäglich die gleiche Rede, das gleiche Tun an ihm vorbeiplätscherten und seine ohnedies mühselig errichteten Ufer wieder untergruben. Wenn er sich aus Rücksichtslosigkeit nicht bereit erklärte, nicht jeder Faser befähle, an der ermüdenden Kopie eines Gesprächs Anteil zu nehmen, der hundertsten Wiederholung einer langweiligen Schallplatte zu lauschen, er müßte vergehen, müßte sich augenblicklich in Luft auflösen. Doch hat er zu gehorchen gelernt, ohne in den Verdacht zu geraten, sich in Hinkunft taub stellen zu müssen, denn alles an ihm scheint Gehör zu sein. Und doch gleitet das meiste wie Wasser an ihm vorbei, denn das Herz lauscht anderem und erst recht seine Seele.

Ein eigenartiges Gefühl von Schuld beschlich ihn nach der Auseinandersetzung. Ausgezogen war er, sich keines Vergehens bewußt, das heißt: er nannte nicht Vergehen, was er getan hatte, sondern er nannte es sein Recht. Er hatte sich herausgenommen, sein Leben gegen den Willen der anderen zu ändern. Verständnis hatte er sich freilich keines erwartet, aber auch keinen abgrundtiefen Haß, der ihn wie eine Explosion traf.

Es ist mir, obwohl ich aufrichtigen Herzens daran arbeite, noch immer nicht gelungen, mein Mißtrauen gegenüber den Mitmenschen abzubauen, um unvoreingenommen an sie und ihre Meinungen herantreten zu können. Noch immer steht es wie eine Mauer zwischen uns, als hätte ich mich vor ihnen zu schützen. Noch immer ist mein Wittern da, ob die Luft auch rein ist.
Dieses schnuppernde Mißtraun schafft aber erst die Mauer.

Es ist nicht mehr nachzuweisen, welcher Völker und Stämme Blut ich in mir habe, darum sind sämtliche Kriege Verwandtschaftskriege, und keinem geht es besser als mir.

Ich bedaure zutiefst, nicht jederzeit mit Zettel und Blei ausgerüstet gewesen zu sein. Unausdenkbar, was mir durch diesen Leichtsinn an besten Gedanken und Bildern unwiederbringlich verloren ging.

Da ich nur ein winziges Leben besitze, stirbt es sich nicht so leicht und unbekümmert.

Als wüßten wir was uns droht, stellen wir unsere Produkte nur mehr kurzlebig her. Nichts soll dauern, nichts beständig genug sein, Jahre oder gar Jahrzehnte zu überleben.
Einmal hineingedrängt in das unbedingte Besitzenmüssen — auch der unnötigsten Dinge — werden die Reichen immer reicher und die Armen ärmer. Man versuche es, mich vom Gegenteil zu überzeugen!

Zu allen Zeiten war es das Bedürfnis und das Bestreben der oberen Klasse, sich Unwissende als Sklaven für alle Dienste zu verdingen. Mit Zerstreuungen billigster Art verstanden sie es, sich die Massen bei guter Laune zu erhalten.

In Österreich werden viele Rebstöcke aber noch viel mehr Menschen gepflanzt.

Auserwählten scheint alles erlaubt zu sein; wenigstens nehmen sie sich ungeniert alle erdenklichen Möglichkeiten heraus. Sie schrecken auch nicht davor zurück, die Wahrheit zu verdrehen, die Begriffe zu fälschen; und ebenso nicht, wenn sie es für notwendig erachten, die Welt mit Feuer und Asche zu überziehen.

Alles nützt sich einmal ab, wird schal oder müde, brüchig oder mürbe. Alles zahlt seinen Preis für eine geraume Weile unbeschwerten Daseins und Daseinkönnens.

Solange die Mystik der »Alten« in das Christentum hineinwirkte, war es stark und überzeugend. Es war aus Himmel und Erde gleichermaßen geboren. Doch immer mehr wird es zur Hülle, entwickelt sich zum Abbild, zur leeren Formel. Es entäußert sich des inneren Antriebs, der den Naturreligionen noch eignet; es beraubt sich selbst seiner Geheimnisse, die alle einmal, vor den Zeiten der Verschleierungen, allgemein verständlich waren.

Der Gott der Liebe kann mich nicht geschaffen haben, damit ich vor ihm krieche, ihm hörig bin, mich allem versage. Das kann er nicht gemeint haben, als er mich als sein Ebenbild erschuf, mich mit Gefühl, Verstand, Gedächtnis und Empfinden ausstattete. Das nicht und nicht das Widerdienatursein, denn eben mit dieser schwachen, unvollkommenen Natur wäre ich ohne die unzerstörbare Allnatur verloren, ja nicht einmal geboren worden.

Wozu muß man Geschrei noch verstärken?

Manche Malereien: Versagen in Öl!

Das Porträt zeigte zwar keine Ähnlichkeit, aber es war garantiert handgemacht.

Es muß mir als Mensch wie als Künstler gleichgültig sein, was die Mitmenschen über mich sagen und denken. Solange hielt ich mich im Schatten, jetzt will ich einfach heraus ans Licht. Ich stelle mich der Steinigung und fürchte mich nicht mehr davor.

Warum, so meine Frage, finden sich in neunundneunzig Prozent des »zufällig« Gestalteten, wie im Schattenspiel der Blätter, in den Zeichnungen der Wolken und Sandbänke, in Rindenstrukturen und Felsformationen, in künstlich gestalteten Fliesen und Bodenplatten Fratzen und Karikaturen, während das restliche Prozent als das im herkömmlichen Sinn Normale bezeichnet wird?
Oder verhält es sich — wenn ich diese Tatsache mit normal und abnorm qualifiziere — geradewegs umgekehrt?

Ein jedes künstlerische Werk setzt sich wie eine Wegstrecke auch aus unübersichtlichen Teilen, unterbrochen von Kreuzungen, unterteilt von Knoten, die das Dahinfließen unterbrechen, zusammen. Und diese Verhärtungen, diese Knotenpunkte wollen erst bewältigt werden. Ihre Lösung fordert höchste Konzentration, größten Einsatz aller geistigen Kräfte, soll das Werk auch gelingen.
Der Wert des Künstlers und seines Werkes steigt mit der Fähigkeit, diese Unterbrechungen und Nahtstellen dem Interessenten so zu verbergen, daß er nicht einmal ahnt, wo der Künstler bis zum äußersten mit ihnen beschäftigt gewesen war.

Gibt es überhaupt den glückbegünstigten Künstler, dem sein Leben und sein Werk gleich gut gedeihen?

Viel Eitelkeit und Hochmut liegen darin, von sich zu behaupten, die Kunst zu verstehen, die wahren Absichten des Künstlers zu begreifen, sich also für absolut befähigt zu halten, jederzeit über Wert oder Unwert entscheiden zu können. Viel Eitelkeit und Borniertheit liegen darin, Mystisches an Hand einfacher Analysen aufdecken und qualifizieren zu können.

Noch immer wird das Künstliche vom Natürlichen bei weitem übertroffen. Wer wagte es schon — außer dem von Überheblichkeit Geblendeten — endgültige und unumstößliche Maßstäbe zu setzen?

Weshalb wir Menschen so bald unseres lyrischen Elements verlustig gehen? Weil wir es zu früh und zu abrupt in die Dingwelt einführen — auch in den Schulen. Im Idealfall müßten ebenso die Mathematiker, die Physiker und Chemiker von Kreativität durchdrungen sein. Doch gerade sie sind oft unerbittlich auf Sachlichkeit ausgerichtet und sie denken in Mengen und Formeln. Damit löschen sie auch die letzten Funken der Lyrismen im Menschen aus und ersetzen sie vielleicht durch Pseudoromantik oder Pseudophantastik.
Das Leben wird so zum Handlanger des Gemeinen, das seine tägliche Auferstehung auf Kosten unserer erquicklichen Träume vollzieht.

Der Sponsor eröffnete die Ausstellung mit einem Ankick.

Manche Maler: Malende Schuhputzer.

Künstler und Künder leben in Zwischenwelten und Zwischenbereichen, aus denen sie bald in den einen bald in den anderen Außenbezirk aufbrechen, um ihre Aufträge zu erfüllen, die die Menge wieder lustlos in den Wind bläst.

Zum Bleibenden gehört zweifelsohne auch das, was man mitzunehmen versteht in seine Gegenwart, auch wenn man des körperlichen Reizes entbehren muß und einem nur mehr die Wohltat der Bilder gehört, die man in irdischen Archiven stapelt und aufbewahrt.

Ein Leben lang werken wir Künstler, um wenigstens ein bleibendes Werk ans Licht zu heben; zumindest ein Werk, das in die Zukunft reicht. Dieser Gedanke ermuntert uns, den Glauben trotz unserer Sisyphusarbeit nicht zu verlieren, sondern standzuhalten den erbarmungslosen Schlägen oftmaliger Erfolglosigkeit. Furchtbarer als der Zweifel von außen ist der eigene, weil er die innersten Quellen vergiftet, aus denen wir die Sehnsucht trinken von einer Arbeit zur andern.

Ob wir es glauben oder nicht: die wahren Künstler und Künder sind noch des Fliegens mächtig. Sie allein sind fähig, sich leichten Leibes von der Erde zu lösen, um mit dem Wind und den Wolken zu segeln, wohin es ihnen beliebt. Hier erhebt sich der Geist.
Die wahren Künstler sind frei und unabhängig und sie werden es bleiben, solange sie sich nicht dem Diktat sogenannter Förderer unterwerfen, nicht der Diktatur des Geldes und der Macht erliegen.

der kunstler und seine Zeit

Es ist ein grasser Irrtum, anzunehmen, daß das Sinnlose sich doch noch einmal als etwas Sinnvolles verkaufen ließe. Was nur auf Roßtäuschung erpicht ist, den Kern des Echten und Wahren vermissen läßt, ist und bleibt eben Unsinn, man mag ihm ein noch so hübsch geschneidertes Mäntelchen über die Schultern ziehen.

Bilder mit den Augen entlarven.

Es gibt so etwas wie einen Rhythmus der Gedanken, der nicht unbedingt einen formalen Rhythmus einschließen muß, um zum Gedicht zu werden.

Es ist mit Sicherheit schon alles Sagbare zum wiederholten Mal gesagt, geschrieben oder wenigstens gedacht worden.
Die Wörter allerdings und ihre Stellung zueinander sind jeweils verschieden; einfacher oder komplizierter, durchschaubarer oder verdichteter.
Das Wesentliche aber läßt sich nur mit der Formel der Blumen und Steine erfassen, in die Gestalt der uns umgebenden Dinge gießen; Formeln, die auch der Unbegabteste begreifen kann.

Wer ein modernes Bild malt, sollte sich dabei auch etwas denken müssen.

Jedes Land hat die Künstler, die es verdient.

Wer findet, muß nicht immer gesucht haben.

Noch begleitet mich Hoffnung, es vermöchte das eine oder andere sich noch finden lassen für einen Anruf an Euer Gewissen, um zu retten, was gerettet werden muß: das unersetzliche, unentbehrliche, unschätzbare Leben.

Ich küsse mit Leidenschaft die Stille.

Noch tiefer sich einleben in das Wort, mich diesem Vergnügen mit ganzer Seele und mit allen meinen Sinnen hingebend. Was wäre wohl noch alles herauszuholen, ich fühls, daß ich grenzenlos sein könnte und in manchen Augenblicken dazu begnadet zum unerschöpflichen Erbringen.

Ich bin nicht so bescheiden wie man denken mag, denn ich finde Freude am Erfolg und Genugtuung über ein gelungenes Werk. Ich weise nicht verschämt von mir, was mir gelang, weil ich durch eigene Kraft mit mir und mit den vielen Hemmnissen, die es zu überwinden gab, fertig geworden bin. Beharrlichkeit und Ausdauer haben sich durchgesetzt.
Ich empfinde mich daher nicht als ein »Nichts«, das, wie man es gerne sehen möchte, alle seine Fähigkeiten, mit denen es ausgestattet wurde, entrüstet und erschrocken von sich weist.
Ich bin nicht einer, der sich solcherart entblößt, sich verleugnet, sich und den Geist, der diese Fähigkeiten in mir einpflanzte.
Die wahre Bescheidenheit, wir wissen es nur zu gut, liegt darin, sich nicht vorzudrängen: so und nicht anders will ich es auch künftighin halten.
Zurückstehen aber nicht verleugnen, nicht um die Burg.

Faszinierend ist es, einen Roman in Angriff zu nehmen, um vorerst noch eine winzige, unscheinbare Idee später als gelungene Essenz wiederzufinden.
Dann der Abruf, daß etwas wachsen und gedeihen wolle, und dann das sichere Verankern im Bewußtsein. Schließlich das Sammeln und Sortieren, endlich das Formen.
Wie eine Schwangere geht man um, dem Lichte endlich ein gesundes Wesen zu schenken.
Solange es nicht anderen in die Hand fällt, hat man das sichere Gefühl, etwas Anständiges und Lebensfähiges geboren zu haben.

Das Abenteuer des Schönen wird mich fesseln, solange mir zu leben gegönnt ist.

Es gibt Zeiten, in denen mich ein unbändiger Wille vorwärts treibt, gleich auf welchem Gebiet. In der Manier eines Rasenden verbohre ich mich in meine Arbeiten, die mich noch kurz zuvor kaum berührten, da sie mir unlösbar erschienen.
Es folgen Tage und Wochen größter Konzentriertheit, und ich fühle, wie ich mich verausgabe. Je länger mich dieses Gefühl für sich beansprucht, umso mehr Kräfte verliere ich, und die Erfahrung sagt mir mit ziemlicher Sicherheit den Tag ja die Stunde meines totalen Zusammenbruchs voraus.
Dabei, und gerade das scheint mir erwähnenswert zu sein, gilt es, neben dieser kraftraubenden Arbeit, einer Familie zu dienen, was ebenfalls großen Einsatz erfordert.
Es ist ein Ringen mit einem fast übermächtigen Gegner, verbunden mit gnadenloser Härte, die tiefe Verwundungen zuläßt.
Auf alle Fälle bleibt mir das Werk, das ich als mein geliebtes Geschöpf betrachte, und ich fühle mich mit unbeschreiblichem Glück gesegnet, sobald mir etwas gelang.

Bücher um mich zu haben, Freunde, Seite an Seite mit mir, immer in stummer, geduldiger Aufmerksamkeit, nie vorlaut oder nachplappernd, sondern in Schweigen gehüllt und doch beredt; Freunde, des vollkommenen und vollendetsten Dienens kundig, des ergebenen Wartenkönnens.
Freunde, wie bin ich euch zugetan, wie danke ich euch!

Sich begeistern können an Wörtern, Wortgebilden, Sätzen. Berauscht sein vom Zwei- oder Mehrklang der Figuren, hingemalt als gewortetes Bild; und von einem Taumel erfaßt sein, dem das Unerreichbare mitgeschenkt wurde; fortdauernd eines Glücks zu sein, einer Natur, das nenne ich Schauspiel erlebten Lebens, erfühlbar erfüllten Lebens, mit vielen Rollen bedacht, selbst mit der eines Einsagers, der nur zögernd seine Applaus spendet, bevor das Spiel in ein größeres einmündet.

Angst, ohne Kunst leben zu müssen.

Stellt sie nur hin vor mich die schönsten Plätze dieser Erde. Schildert mir nur in eurer läppischen, unbeholfenen Art das Meer. Stammelt nur, ihr Dilettanten, eure aufgeblasenen Eindrücke von Freude und Anderssein. Malt nur mit euren ärmlichen Farben, mit euren lichtscheuen, stumpfen Stiften und Kreiden; malt nur auf das beschmutzte, zerknitterte Papier die glühenden, goldfunkelnden Sonnenuntergänge, die Aus- und Einblicke, das Kolorit andersschöner Menschenkinder. Ich bin verzweifelt über eure verdorrte Phantasie, verzweifelt über eure Rückständigkeit, euer Unvermögen, da ihr mir nur Staub, also nur Bedeutungsloses mitbrachtet.
Dabei wüßte ich mir ein Meer von sinnlicher Freude, allein den Augen dargebracht, allein dem Herzen und der Seele dargeboten.

Es sind Bergriesen, die sich nun um mich auftürmen, seitdem es mir gegeben ist, meine Gedanken zu Papier zu bringen. Doch vieles wird ungesagt bleiben müssen, vieles unbewältigt.
Einige edle Steine, wenn mir dieser Vergleich gestattet ist, möchte ich noch finden und zur Vollendung bringen. Ihre strahlenden Eigenschaften nach intensiver Arbeit bewegen mich zu noch größeren Anstrengungen.

Die Intensität einer Liebe, vergleichbar einer Sonneneruption.

Die reine Andacht der Phantasie.

Laßt der Erde ihr Gold!

Gedankensprünge üben für einen Weltrekord.

Es warf den Schnee wie aus einer sich rasch öffnenden, weit ausholenden Faust her, wie durch ein Sieb gerüttelt, und eine fühlbare Strömung wirbelte die Flockenfahnen wieder hoch, zog sie quer über die Brust eines Hauses — und das alles vor der Kulisse eines gespenstischen Dunkels.

Guten Morgen, Abendhimmel!

Noch hielten die Schneenester in den Astgabeln, noch bewahrten die kühlen Nächte die Gespinste des Reifs, aber das Knirschen der Schritte war wie vom Winde weggeblasen. Nach langem wieder Amseln, als wären auch sie aufgetaut, um ihren schreienden Hunger von Gebüsch zu Gebüsch zu tragen an diesem graubraunen, klebrigen Morgen in einer schlecht gelüfteten Landschaft.

Das Licht des Abends wie zusammengepreßt zwischen den blitzenden Zähnen der Berge und dem zahnlosen Kiefer des Himmels.

An den Scheiben das Bild des Regens.

Ein blasser Wind schob doch noch den Frühling ins Land, und er mußte seine Anstrengungen solange wiederholen, bis alle Furcht und aller Respekt vor dem Winter gewichen war. Erst dann begann es erlöst von den Zweigen und Dächern zu tropfen; und von da an glaubte man auch der Sonne, denn die harte, gläserne Spur begann sich in den Wäldern zu verlieren und endlich auch hinter den Hügeln, die schon lange nicht mehr zur Stadt gehörten.

Gute Fernsicht nach innen.

Ein unbeständiges Wetter, das jeden Tag ausgewechselt wird, sodaß es keine Zeit findet sich einzuleben, sich heimisch zu fühlen.

Eine Summe von Sonnenstrahlen, breit und wie ein Band, entdeckt ein Stück Landschaft und leuchtet es aus, um es allen zu zeigen.

Die Flugzeuge hängen an karminfarbenen Fäden in das tiefe Blau des Himmels; Fäden, die wie solche aus Wolle zerfiedern, zerfieseln. Dergestalt entstehen Sehnsuchtsstraßen nach allen Richtungen, besonders hin zu den Landschaften in der Nähe der untergehenden Sonne.

Über kurz war der Himmel wieder klar, als hätten sich die Wolken wie Fliegen vertreiben lassen.

Die heisere Stimme des Morgens.

Vom Mädchen zum Mann . . .

Juden wird es immer geben, denn sie sind in das Blut eines jeden Volkes eingetaucht; damit hat sich ihre Auserwähltheit auf die gesamte Menschheit übertragen.

Der Mond vermittelt noch immer (oder vielleicht erst recht?) ein Bild der Beschaulichkeit, wenn er mit gewölbtem Segel über die stahlglatte Oberfläche himmlischen Meeres gleitet.
Hier ist Ruhe am Werk, unendliche Ruhe, obwohl Gewaltiges sich bewegt.

Knospendes, Frühlinghaftes, das seinen Duft wie Samen ausschüttet, reizte noch immer den Winterharten, sofern er nicht ganz in Eis verwandelt wurde und somit zum Tode erstarrte.

Blattfinger, die zum erstenmal die Luft berühren.

Wir haben uns zu ducken, tief unter das Getier und unter die Pflanzen, denn wir stehen nicht an erster Stelle — wie man uns einzureden versucht, sondern an letzter. Unser Platz ist der der Demütigen, da wir wie alle anderen auch nach Gefühlen und Empfindungen gemessen werden. Die innere Wärme entscheidet, das Instinktive, das Licht des Herzens erweckt in Wahrheit die Blumen, während der laute, tosende Wind des Verstandes ihren Tod herbeiführt. Verstehen ohne Verstand, das ist die Formel.

Der Rhythmus kreisender Vogelchöre.

Das Wunderbare geschieht in der Natur auf Schritt und Tritt. Wir brauchen uns ihm nur zu eröffnen, auftun unsere abgelegenen Höhlen des Herzens.

Welch trauriges, welch unwürdiges Schauspiel um den letzten uns noch verbliebenen Baum.
Ich fürchte, daß nicht die Phantasie, sondern die nackte Realität mich inspirierte, als ich dieses Bild zu Papier brachte.
Unsere Zukunftsvisionen münden, was die Weiterexistenz auf diesem Planeten betrifft, nicht mehr ins Licht ungeahnter Möglichkeiten, sondern ins Dunkel eines weitgähnenden Kraters, um nicht zu sagen in einen Abgrund.

Der
letzte
Baum

Alles läge uns zu Füßen, denn alles in und um uns ist Wunder.

Der Herbst trank auch heuer wieder lange aus dem Sommer. Das Land streckte sich ihm entgegen, ohne freilich den Schleier des Schlafes abzulegen. Er lag, golddurchwirkt, so wie ihn die mittägige Stunde ausgebreitet hatte, über der Au und den umliegenden Feldern. Himmel und Erde hatten sich bis auf eine feine, kaum merkbare Unterscheidung zu einer einzigen Farbe zusammengetan. Ein Windkind spielte mit den Blättern der höchsten Bäume, es rührte aber nicht alle an, sondern brachte bald dieses bald jenes zum Erschaudern, wie es ihm eben gefiel und wie die herbstliche Stunde es ihm erlaubte.

Lang blieben die Blätter an den Bäumen, hielten sich mit schmerzenden Fingern an den Zweigen fest und träumten, obwohl es gegen November ging, noch immer von mildtätigen Tagen, von blauseidenen Lüften und von sinnlich tönender Stille.
Dann aber, von den Nebeln getäuscht, ließen sie sich seufzend fallen, sie, die selbst nur aus Flügeln zu bestehen schienen.
Nun kleben sie auf den Straßen und Wegen, hingeheftet für die Folter stampfender, malmender Tritte.

Was gibt den Bäumen die Kraft, aufrecht zu sterben? Ich glaube, es ist die tiefe Verwurzelung in einem unerschütterlichen Glauben; einem Glauben, ohne zu sehen; die unzweifelhafte Hinwendung auf den einzigen Brennpunkt.

Gedanken über Gedanken.

Der Wind entkleidet hemmungslos die Bäume.

Der Regen fiel senkrecht herab, als habe er die Erde und alles, was auf ihr liegt, steht, kniet und kreucht festzunageln für eine geraume Weile.
Am Himmel stand es dunkel und drohend wie vor einem Gewitter, nur zuweilen durchbrach die Sonne die dunklen Wände und Wälle, sodaß die Aufhellung der Erde etwas Unschuldiges annahm, wo noch dazu die Blätter wie Entschuldigungen zur Erde taumelten.

Der nasse Schnee lag, als habe man eine graubraune Fläche ausgeschabt; flüchtig, sodaß sich das Weiß wie aufgerauhtes Papier ausnahm, immer wieder von schmutzigem Braun durchbrochen.
Die Luft stand voller Nässe, sichtbar vor dem Hintergrund der schlafenden Bäume, denn zuweilen flockte es aus einer nicht zu bestimmenden Richtung.

Die Entfernung rundet alles ab, verweiblicht es. So auch die Entfernung innerhalb der Zeit, sodaß die Betrübnisse gelindert erscheinen.

Türkis der Himmel über der Landschaft, dann eine Lage Opal von feinster Qualität.
Noch auf keinem von Menschenhand gestalteten Bild begegnete mir Ähnliches. Immer nur der schwache Abglanz, die verstümmelte Andeutung. Der Himmel, das Licht aber malen zu jeder Zeit meisterlich, und es gelingt von einer Minute zur andern.

Die vergiftete Unschuld des Schnees.

Ohne Preis kein Fleiß. Wie sich die Zeiten ändern.

Wenn sie wieder ausziehn mit ihren Waffen, mit Sägen und Beilen; Holzjäger, getrieben von der maßlosen Leidenschaft zu morden; und wenn sie, weit hintübergebeugt, die kerzengeraden, stolzen Stämme hinaufstaunen, sich die Augen reibend, da ihr Wild, aufrecht stehend bis zum letzten Atemzug — wohl durchschüttert, durchbebt — nicht fallen will, nicht hinschlagen will zu ihrer Linken oder Rechten; und wenn sie darauf ihr Opfer umschleichen in der Art eines Medizinmannes, und ihre Sprüche und Flüche und Beschwörungen verknoten, das Sägeschwert nach sich ziehend; und wenn sie dann triumphierend die Beile schwingen, breitbeinig über das erlegte Wild gebeugt, in ihrem gespreizten Hochmut und in ihrer tierhaften Besessenheit; und wenn sie messen und überschlagen und rechnen um den Gewinn, der herauszuschlagen ist, dann möchte ich am liebsten über sie herfallen, um sie an ihre Opfer zu ketten, damit sie das gleiche Schicksal erlitten wie Ahab, angebunden und verstrickt an den Leib seines weißen Wales.

Die Wege sind wie Muskeln verhärtet, und die Krähen werfen ihre Sorgen über die Felder.

Heimwachsen: etwas, was nur die Pflanzen verstehen.

Baumleichen hin und hin.

Sie ziehen gegen die Bäume aus, als hätten sie vor, die ärgsten Feinde zu bekämpfen.

Dem Klopfen des Regens nachgeben.

Auf keinen Fall sind wir die, die wir sind.

Die uns bewußt gewordene, aber auch die nicht bewußt wahrzunehmende Schöpfung ist das Spiel zwischen zwei Spiegeln.

Wer maßlos zu geben imstande ist, vermag auch maßlos zu nehmen.

Wer gerne liest, wird sofort verdächtigt, etwas im Schilde zu führen.

Die »wahren« Schauspieler und Schausteller dieser Welt sind die Spitzensportler und Popsänger, die Stars und Starletts. Sie sind, von den Regierungen und von den Multis bestens bezahlt, dazu ausersehen, von den wirklichen Problemen abzulenken. Ihre Mission ist eine ungeheure und ungeheuerliche: Sie haben die Völker in eine ausgelassene, unbeschwerte Laune zu versetzen, sodaß diese nichts anderes mehr hören und sehen als das lockere Geschrei und den farbschrillen Plunder, das Hinstürmen oder Hingetragenwerden von Sieg zu Sieg, das Locken halbentblößter Haut, das Fluidum gutgespielter Leidenschaften. Dahinter verbirgt sich der Abgrund.

In einem Mädchen spazierengehen wie an einem einsamen Fluß.

Das Interessante ist das Ungerade.

Schöne Augen sind Wesen mit einem nur für sie geschaffenen Leben. In ihnen läßt sich jubelnd versinken, und der Tiefenrausch, der einen befällt, ist unbeschreiblich, ist urgewaltig.

Heros und Leanders, Tristans und Isoldens, Abälards und Heloises süße Tragik: Sie können nicht sterben.

Welch ein Abgrund, in den die unwissenden Tiere geraten sind.

Die Welt nicht berechnen sondern bereichern.

Ich zweifle nicht daran, daß es eine Scharfeinstellung des menschlichen Auges gibt, um die Gefühle seines Gegenübers zu entdecken und auch zu aktivieren. Sein Erröten ist das untrügliche Merkmal für das prompte Funktionieren dieses abenteuerlichen Vorganges.

Es könnten ohneweiteres magnetische Kräfte sein, die die Menschen zueinanderführen, und auch Düfte sind im Spiel und Bewegungen beziehungsweise Bewegungsabläufe; den Augen aber kommt dabei eine besondere Bedeutung zu.

In der Sonne treffen einander die Blicke und Gedanken, Wünsche und Erfahrungen unzähliger Generationen sämtlicher Völker und Zeiten.
Es ist nur schade, daß man die Sonne nicht betreten kann, um von diesen unwägbaren Schätzen für sich zu sammeln.